ウインクで乾杯

以眨眼乾杯

東野圭吾
ひがしの けいご

王蘊潔——譯

第一章　她有一個重要目的　005
第二章　像廉價小說般的死法　031
第三章　傳來啜泣聲　061
第四章　建立共同戰線　089
第五章　有重要的事要討論　123
第六章　兩個男人的軌跡　149
第七章　和你一起聽披頭四　173
第八章　Paperback Writer　203
第九章　以眨眼乾杯　237

第一章 她有一個重要目的

1

深藍色藍寶石周圍鑲著略小的鑽石，設計高雅的項鍊、戒指、耳環和手鍊的整組黃金珠寶總價七千四百三十萬圓。

旁邊有一條紅寶石和鑽石，以及水晶組合成的項鍊，價格是兩千八百萬圓，耳環是一千萬圓——

香子覺得雙層玻璃的另一端，簡直就是另一個世界，一顆小石頭的價格竟然比一個人還值錢。但這無可奈何，因為那些小石頭真的很美。

她嘆口氣，看著自己在玻璃上的倒影。她今年二十四歲，雖然稱不上性感，但身材還不錯。最近皮膚的狀況很理想，化完妝不容易脫妝，而且她在化妝時強調細長的鳳眼，整體妝容很清爽。

香子在櫥窗前搔首弄姿，站在櫥窗內側的店員露出異樣的眼光。店員穿著白襯衫配黑裙，臉長得像狐狸，眼神寫著「窮人又一臉羨慕地來看珠寶了」。香子對她扮個鬼臉，轉身離去。

有朝一日，我一定要成為這家店的客人進去消費。香子不知道第幾次在內心發誓。到時候要穿上五千萬圓左右的皮草，以「不知道最近有沒有什麼看得上眼的貨色」的表情走進店裡，然後就看到『那個』。沒錯，就是『那個』——那條項鍊以藍寶石和鑽石為主，搭配紅寶石和祖母綠，戴上後簡直就像胸口掛著一顆巨大星星。除了項鍊，還有整套的手鍊、戒指和耳環。戒指上的藍寶石是二十二點七六克拉——她連詳細的數字都記得一清二楚。到時候自己全包了。「總共多少錢？」那個狐狸臉的店員會一臉巴結地回答：「總共八億圓。」「啊喲，八億啊，沒想到這麼貴。」這時不要說便宜才是行家。「不能打個折嗎？六億左右差不多。不行嗎？我就知道。好吧，沒辦法，八億就八億吧。算了，幫我包起來——」

不知道會不會有這一天？

即使八億是白日夢中的白日夢，至少希望自己能拿出八百萬圓買東西，而且連眼睛都不眨一下。絕對不是抱著破釜沉舟的心情，而是像買個南瓜那麼輕鬆隨便。不知道會不會有這一天？

應該不可能。香子很清楚這一點。

至少無法靠自己的能力做到，但如果指望別人，倒不是完全沒希望。

——好，那就好好加油。

香子帶著二十二點七六克拉的夢想，打起精神，邁開步伐。她在銀座中央大道上向左轉，風吹起她的大衣衣襬。

前方——銀座皇后飯店是她今天工作的地點。

2

走進飯店後，她先去櫃檯問了休息室的房號。「我是班比公關公司的人。」「休息室在二〇三和二〇四號房。」櫃檯人員公事化地回答。

一看時間，目前是五點十五分。今天的宴會從六點開始，剛好趕上。

走進二〇四號房，沒看到負責業務工作的人。一個熟識的公關告訴她：「米哥在隔壁。」

她敲敲二〇三號房的門，業務人員米澤為她開門。金框眼鏡在他蒼白的臉上閃著亮光。

「小田，妳又是最後一個。」

「對不起，電車很擠。」

「妳在說什麼鬼話？這和電車擠不擠沒關係吧？」

米澤推推眼鏡，開始在手邊資料上寫東西。聽說他隨時會確認公關的工作態度，但沒有人知道他到底在記錄些什麼。

香子避開米澤的目光，迅速換上白襯衫搭配黑裙的制服，和剛才珠寶店的狐狸店員的制服一樣。無論是哪一種工作，為有錢人服務時，都要穿相同的服裝嗎？香子一邊想著這個問題，一邊補妝。

「妳知道吧？」三個月前剛進來的繪里走到她旁邊咬耳朵，她是身材高挑的美女，而且英文很好。「今天是『華屋』的派對，對吧？」

「『華屋』？真的嗎？」

香子雙眼一亮。

「聽說是這樣，所以我想妳今天一定會卯足全力，妳之前不是就很期待嗎？」

「當然要卯足全力啊。如果早點知道，我的妝一定會化得更美。」

「我第一次參加『華屋』的感恩派對。之前聽妳說過後就很期待，出席的人真的都大有來頭嗎？」

香子聽了繪里的問題，呵呵一笑。

「不是妳想的那樣。不瞞妳說，是有我鎖定的目標。」

「原來如此。是不是又帥又有錢？」

「而且很瞭解珠寶——這才是重點。」

香子從各個不同的角度檢查了鏡中的自己，說聲「不錯」，然後闔上粉餅盒。

「大家都準備好了嗎？」

米澤看著手錶，發出像女人般的高亢聲音問。即使和三十名公關擠在一個小房間內，他也似乎完全無動於衷。他對女生穿著襯裙走來走去不屑一顧，只關心人數是否到齊。

「現在剛好離派對開始還有三十分鐘，請各位好好招待客人，我會負責看好妳們的貴重物品。」

香子和班比公關其他的公關小姐在米澤說話聲中走向會場。

『華屋』是日本屈指可數的珠寶店。總部設在東京，在大阪、名古屋、札幌和福岡等全國各地都有分店。香子來飯店之前停留的地方，就是『華屋』的銀座店。

『華屋』每年都會在這家皇后飯店舉辦兩次感恩派對，邀請的都是出手大方的老主顧，當然都是某某董事長夫人、醫院的院長夫人，或是政治人物的太太、女兒，以及藝人。今天是香子第二次在『華屋』的派對上服務，上次就覺得這種做法簡直聰明絕頂。

受邀參加這場派對是一種身分地位的象徵，受邀的客人全身都戴著『華屋』的珠寶，珠光寶氣地現身。在這種場合，女人之間當然會暗中較勁，迸出激烈的火花。看到別人戴的首飾，內心就覺得「那種三流女明星竟然戴什麼祖母綠的戒指」、「哼，雞皮鶴髮老太婆還戴那麼華麗的鑽石項鍊」，於是下次就會戴更貴的珠寶。

『華屋』當然就漁翁得利，趁機大賺一票。結果因為賺太多錢，舉辦感恩派對，將利益回饋給老客戶。女人在派對上相互較勁，又可以大賣珠寶——這就是他們的生意手法。

只不過苦了那些丈夫。到處可以看到太太們今天依舊瞪大發紅的眼睛鑑定別人的珠寶，那些丈夫只能皺眉苦臉地站在一旁。

香子和其他班比公司的公關今天就在這樣的派對上服務。

香子像往常一樣工作著——不時端著兌水酒送給客人，為客人倒啤酒，把餐點裝在盤子裡，聽無所事事的老頭抱怨幾句。

但是，她的心情和平時完全不一樣。

今天她有一個重要目的。

她神不知，鬼不覺地慢慢靠近一張桌子。她的目標就在那裡。那個人有可能為她實現夢想。

目前已經有其他公關為那張桌子的客人服務。這種情況不太妙。因為今天規定一張桌子只能有一名公關服務，所以香子在中央的桌子旁取菜，悄悄觀察著。

不一會兒，那名公關離開。香子立刻走向那張桌子，把剛才拿的菜遞到他面前。

「要不要吃點東西？」

香子沒有露出低俗的諂媚笑容，只是淡淡的微笑。

「喔，謝謝。」

他接過去，放在面前。他正在喝啤酒，香子立刻拿起啤酒瓶為他倒酒。「請用。」

他喝了一口啤酒後對她說：

「咦？我上次好像也在這裡見過妳？」

他似乎終於發現了。香子雖然暗自鬆一口氣，但仍然笑著裝糊塗。

「是嗎？」

平時她會徹底裝糊塗，不理會那些客人，但今天不一樣。

「嗯嗯。就是上次在這裡舉行的感恩派對，我不小心打翻威士忌什麼的，妳立刻幫我處理乾淨。」

「你這麼一說……」

她假裝終於想起來。她當然記得那一次，而且他還記錯。當時是香子撞上他的手肘，他手上的兌水酒才會灑出來，而且她根本是故意。為了找機會和他說話，她可是費盡心思。

當時的計謀奏效，所以他今天主動找香子說話。

然而，接下來才是難關。因為公關不能只為某個特定的客人服務，公關領班會隨時確認香子等人的工作狀況。資深的江崎洋子是目前的公關領班，雖然她目前正在服務一看就知道是議員太太的女人，但兩隻眼睛隨時監視著香子和其他人。

正當香子這麼想的時候，一個中年胖男人來找他說話。香子在服務周圍的其他人時，也和那張桌子保持若即若離的距離，藉由這種方式努力把握難得的機會。

他名叫高見俊介，聽說是高見不動產的專務董事，年紀大約三十五、六歲。香子之所以會對他產生興趣，是因為在上次派對時聽說他目前單身。只不過他並不是沒結過婚，而是太太在幾年前病逝，但這種事並不會扣分。

高見並非是『華屋』的老主顧，而是因為協助『華屋』建造分店，所以受邀參加派對。

他是高見不動產的繼承人——告訴香子這些事的客人這麼形容他。他的身材很像運動員，瘦瘦的臉上有兩道濃眉，外表是香子喜歡的類型。

「可不可以幫我拿一杯蘇格蘭威士忌？」

香子心不在焉地站在那裡，眼前突然出現一個肥胖得像一道牆的男人。他的臉很大，但眼鼻都很小，身上的白西裝完全不適合他。

他是『華屋』董事長西原正夫的第三個兒子，名叫健三。之前聽一個客人在背後說他是扶不起的阿斗，但不知道是真是假。

香子拿著蘇格蘭威士忌回來後，健三仔細打量著她的臉說：

「妳很漂亮嘛，叫什麼名字？」

他用好像在問酒店坐檯小姐般的語氣問道。

「不，我的名字不值一提。」

雖然這句話聽起來就像是黑道電影中的台詞，但公司規定，別人問名字時都要這麼回答。

「告訴我有什麼關係嘛。對了，下次要不要一起吃飯？」

「不，真是不敢當，請把機會留給其他出色的女生。」

「妳就很出色，所以才約妳啊。」

香子正在思考該用什麼理由拒絕時，一個身穿深藍色三件式西裝的男人走到健三身旁。他的年紀可能比健三稍微大幾歲，顴骨很高，眼神很銳利。

「山田夫人到了，您過去打個招呼比較好。」

健三聽了男人的話，一臉不耐煩，很不甘願地點頭，跟著男人離開。

香子又回到高見俊介那張桌子。

『華屋』的老三其實也不錯。他和高見俊介的年紀差不多，很有錢，最重要的是買珠寶應該很方便。

只不過健三不是香子喜歡的類型。女性周刊雜誌上經常會舉辦票選『最不想上床的十大藝人』，他就屬於那種讓人想要敬而遠之的人。雖然香子的夢想是嫁給有錢人……

她的理想對象高見俊介正在和一個灰髮的中年人說話。那個中年人剛才在派對開始時致詞，香子因此知道他是『華屋』的副董事長，西原家的長子西原昭一。他的年紀和健三相差很多，差不多四十五、六歲，但臉部並不會鬆弛顯老。昭一身旁站著一個身穿和服的美女，應該是副董事長夫人。聽說西原家的次子目前正在國外。

高見和西原副董事長正在談名古屋分店的事。

西原正夫董事長致詞後，派對在八點準時結束。香子和其他人又回到二〇三號房。

「各位辛苦了。」

米澤帶著讓人很不舒服的諂媚笑容出現。

「『華屋』的三公子真是個廢物。」

淺岡綾子解開名為「夜宴」的盤髮造型，用梳子梳著一頭長髮時對香子說。綾子身材圓潤，看起來是很居家的女人。

「他看到年輕女生就上前搭訕，結果沒人理他，最後甚至跑來約我們。」

看來健三並不是只有邀約香子而已。

「之前就聽說他是阿斗，不過他一樣是『華屋』的高階主管吧？」

香子想起在派對時聽到別人談話的內容問道。

「對啊，聽說他以後要掌管關西一帶。雖然不關我的事，但還是有點擔心他有沒有這個能耐，他身邊有一個看起來很精明的忠臣。那個人穿著深藍色的西裝，瘦瘦的，不是整天都跟在那個阿斗旁邊嗎？」

香子想起那個人銳利的眼神。

「那個人是專門輔佐他的，姓佐竹。聽說有那個人在，應該就問題不大。」

「是喔，真奇怪。既然這樣，把生意交給那個姓佐竹的人去打理不就好了嗎？」

「但是西原董事長可能希望讓三個兒子繼承他的事業吧，父母都覺得自己的孩子很棒，反正這種事和我沒關係啦。」綾子說完，站起來。「那我就先走嘍。」

「再見。」

香子想著高見俊介的事。聽說高見不動產一樣是家族企業，所以俊介是董事長的兒子嗎？

香子怔怔地想著這些事，當她回過神時，發現其他人幾乎都走光了，只剩下她和繪里兩個人。米澤無所事事地抽著菸。

「你可以先回去啊。」香子對米澤說：「我離開時會把鑰匙交還給櫃檯。」

「是嗎？那就麻煩妳嘍。」

米澤抱著皮包起身，帶著令人不舒服的笑容離開。

「那我們回去吧？」

香子把裝著衣服的皮包揹在肩上，低頭對繪里說。繪里還在磨磨蹭蹭，於是香子放下皮包，去了廁所。

香子走出來時，繪里已經換好衣服在等她。

「我們走吧。」她說。

「好，檢查一下有沒有忘了什麼。」

香子迅速掃視室內，拿起鑰匙。繪里先打開門，在門口等她。

「OK，沒問題。」

香子走出去後，繪里順手把門關上。這是自動門鎖，只要門關上，就會自動鎖住。

香子把鑰匙還給櫃檯後，和繪里一起走向出口。當她不經意地看向咖啡廳時，停下腳步。

她發現高見俊介在那裡。他獨自喝著咖啡。

「不好意思，我要去跟人打個招呼。」香子說。

繪里有點納悶，但還是說：「好啊，那就下次見。」

說完，她走向門口。香子確認她離開後，走去咖啡廳。

她故意坐在離高見稍微有點距離的座位上，點了一杯咖啡，假裝不經意地打量周圍。

她立刻和高見四目交接。高見有點意外，但還是對她笑笑，香子輕輕向他點頭。

「真巧啊。」他主動開口，「妳在等人嗎？」

「不是，只是坐下來休息一下。」香子回答後，也問了他相同的問題。「你在等人嗎？」

「是啊，不過對方是男人。時間有點早，我正感到無聊呢。」高見說完，看著手錶說：「我和他約九點十五分，還有四十分鐘左右。如果妳不嫌棄，要不要一起坐？」

好機會。香子心想。

「可以嗎？」

「請坐，請坐，像妳這麼漂亮的美女，隨時都可以。」

高見用手掌比著他對面的座位。

「那我就不客氣了。」

香子移到高見的桌子。她當然不可能錯過這個大好機會。

「公關的工作很辛苦啊，應該會有討厭的客人吧？會不會很費神？」

「是啊，但我已經習慣了。」香子喝了一口送上來的咖啡問：「請問……是高見先生吧？」

「是啊，沒想到妳竟然知道。」

他顯得很高興。

「我有聽到你們談話——你在等生意上往來的人嗎？」

「嗯，可以算是，但難得和美女在一起，希望他不要太早來。」

高見爽朗地笑了，但香子是真心希望那個人不要太早來。因為她必須利用這個機會，讓高見對自己留下印象。

「高見先生，你很精通古典音樂吧？」

香子問，她在派對上聽到他這麼告訴別人。

「談不上精通。」他靦腆地說：「只是很喜歡而已。工作累的時候，聽古典音樂很不錯，有時候會去聽音樂會，最近還去聽了NHK交響樂團的音樂會。」

他充滿熱情地說著古典音樂有多好，香子不太瞭解古典音樂，但還是隨聲附和著。因為工作的關係，即使對不瞭解的內容，也很擅長附和。

聊完古典音樂，他又聊了音樂劇和旅行。他每年都會出國幾次。

他們相談甚歡，可惜高見約的人提早到了。九點剛過，他看著遠方微微點頭。香子轉頭一看，發現一個個子矮小，長得像狸貓一樣的男人揮著手走過來。

「這家飯店的斜對面不是有一家名叫『維滋』的咖啡店嗎？如果妳不趕時間，可以去那裡等我嗎？我差不多三十分鐘就可以結束。」

高見小聲對香子說，香子雖然只是輕輕點點頭，但內心雀躍不已。

她向那個長得像狸貓的男人點頭就離開，她聽到狸貓問高見「那個女人是誰」，但沒有聽到高見的回答。

香子最後又回頭看了一眼，發現高見正專心地和狸貓說話，並沒有看她。

咖啡廳內除了他們以外，只有三個客人，分別是一對情侶和一個男人。香子看到那個男人的臉，不禁停下腳步。

他就是剛才那個穿深藍色西裝的男人——香子記得他姓佐竹。佐竹那雙凹陷的眼睛一直盯著高見的方向，香子注視著他，結果他們四目相對。他沒有感情的視線讓香子感到背脊發涼，立刻移開視線，然後快步走向出口。

『維滋』在長毛地毯上排放著玻璃桌子，看起來是一家很適合等人的咖啡店。香子點了一杯柳橙汁，把古典音樂入門書放在腿上翻閱。這家咖啡店旁邊就是書店，她剛才立刻去買了書。即使是臨時抱佛腳，也勝過什麼都不做。

看了二十頁左右，開始感到有點無聊時，店內變得有點嘈雜。這家店位在二樓，但所有客人都看向窗戶的方向。她伸長脖子，發現有幾輛警車停在皇后飯店前。

——出了什麼事嗎？

正當她這麼想的時候，服務生走過來問：「請問有沒有一位小田小姐？」香子立刻舉起了手，服務生告訴她說，有她的電話。

「喂，是香子嗎？」電話中果然傳來高見的聲音，聽起來很嚴肅。

「怎麼了？」

香子在發問時感到不安。

「出事了，聽說有人死在飯店的房間內，現在這裡亂成一團。我之所以聯絡妳，是因為我猜想妳應該認識那個死去的人。」

香子心臟劇烈跳動。

「不會吧……」

「不，我想妳應該認識。因為聽說她是今天派對的公關，一位姓牧村的人。」

「……」香子說不出話。

「總之，妳是不是過來比較好？喂？小田小姐，妳聽得到嗎？」

香子握著電話，感到一陣強烈的耳鳴。過了很久她才發現，那不是耳鳴，而是她的心跳聲。

牧村——

那不就是繪里嗎？

3

當她走進飯店，看到警察神色凝重地走來走去。飯店員工看起來驚慌失措，完全無暇留意客人們。

香子走到櫃檯前，高見立刻跑過來。雖然他們在短時間內變得很親近，但香子現在無暇為這件事感到高興。

「目前正在向相關人員瞭解情況，妳最好也過去一趟。」

香子聽了他的建議，點點頭。

「你說她死了，到底是怎麼回事？」

香子帶著哭腔問，但高見搖頭。「這我就不清楚了，只知道剛才突然亂成一團。」

「是在哪一個房間？」

「我記得是二〇三號房。」

「二〇三號房？」

「對，我記得他們剛才這麼說。」

二〇三？

太奇怪了。香子不禁想。那不是剛才用來當休息室的房間嗎？繪里為什麼又會回去那個房間，而且還死了。

香子衝上樓梯，看到很多神情嚴肅的男人聚集在剛才作為休息室使用的房間前。她走了過去，身穿制服的員警立刻把她攔下。

她說明自己和繪里的關係，員警走進人群中，不一會兒，帶著一個理著五分頭的中年男子回來。那名中年男子看起來像柔道選手。

「我是築地分局的加藤。」五分頭的男人自我介紹說：「妳是牧村小姐的朋友？」

「我們是同一家公司的公關，繪里怎麼了？聽說她死了，這不是真的吧？」

但是，加藤並沒有回答她的問題。

「總之，我們想要向妳詳細瞭解情況，當然，我們也會向妳說明。」

加藤說完，指向二〇四號房。香子完全搞不清楚狀況，只能跟在刑警身後。

走進二〇四號房後，香子和加藤面對面坐下，門立刻打開了，一個三十歲左右的年輕男人進來。他的個子很高，皮膚很黑。

「我是警視廳搜查一課的芝田。」

年輕男人自我介紹後，用力吸著鼻子。「有女人的味道，而且人數還不少。」

「現場和這個房間原本是公關的休息室。你沒有聽說嗎？」

芝田似乎終於瞭解，他點頭說：「原來如此。」然後在旁邊的床上坐下。加藤輕咳一下，轉頭看著香子。

「就在剛才，正確地說，是在晚上九點四十分左右，在隔壁二〇三號房發現牧村繪里的屍體。」

「繪里怎麼死的？」

香子問。她覺得從剛才到現在，已經問了好幾次這個問題。

「死因是中毒。」

加藤說話的聲音聽起來好像喉嚨被什麼卡住，「應該是氰化物，最近發生不少使用這種毒藥的案例。受到電視和小說的影響，就連普通人也都知道這種東西。」

「那種毒藥……所以，繪里是——」香子提高分貝問：「是被人殺害的嗎？」

加藤抖了一下，芝田也跳起近十公分高。

加藤搖著手，「不，目前還不知道。」

「接下來會調查，」芝田挖著耳朵，「這是我們的工作。」

香子直視著加藤，「那你們有什麼問題都可以問。」

「那就按照順序來確認。」加藤說：「妳今天和牧村一起工作，對不對？在工作時，有沒有覺得牧村的態度哪裡不對勁？」

「應該沒有。」香子回答，至少她沒有發現有什麼問題。「今天是『華屋』的派對，她似乎很期待。」

「是喔，為什麼會期待？」

「因為是珠寶商主辦的派對，客人都會戴昂貴的珠寶，漂亮的珠寶不是很賞心悅目嗎？」

「女人都喜歡一些無聊的東西。」

芝田開玩笑說道。香子瞪著他，「珠寶才不是無聊的東西。」

芝田看到她這麼凶，不禁瞪大眼睛，加藤張著嘴，然後又輕咳了一聲。

「工作結束之後的情況如何？」

「沒什麼特別的，我們兩個最後離開休息室，把鑰匙還給櫃檯之後就道別了，沒有多聊什麼。」

「妳們道別之後，妳去了哪裡？」

「我……」香子猶豫一下才說：「我去了咖啡廳，因為有點累了……結果剛好遇到熟人，所以就坐在一起聊天。」

香子並沒有說謊，只是說「剛好遇到」這幾個字時有點心虛。

刑警當然問了那個熟人的名字。香子不希望因為這種事造成對方的困擾，但還是不得不說出高見的名字。聽到香子說，他是高見不動產的專務董事，兩名刑警露出和前一刻不一樣的眼神。

「牧村和妳道別時，有沒有說她等一下要去哪裡？」

「她並沒有說，我以為她會直接回家。」

「平時也都是這樣嗎？」

「通常都是這樣。」

「不會去和男人約會嗎？」

芝田肆無忌憚地問。香子從他說的『和男人約會』這句話中，察覺到他看不起公關的工作，所以故意冷冷地回答：「我怎麼知道？」芝田不知道還想說什麼，但香子決定不理他。

「她有男朋友嗎？」加藤語氣溫柔地問。

香子搖頭，「我真的不清楚，雖然我們是朋友，但也只是在工作前經常聊天而已，很少私下相約見面。」

「這樣啊。」加藤用小拇指搔著鼻頭。

「牧村最近的情況怎麼樣？看起來有沒有在為什麼事情煩惱，或是經常坐著發呆？」

「這……」

香子覺得這個問題很難回答。因為任何人都會發呆，如果有人完全不發呆，那才是有問題。

「嗯，應該和平時沒什麼兩樣。」

香子在思考後這麼回答，刑警似懂非懂地點頭。

「對了，我想再請教一下，班比公關公司的老闆丸本久雄是怎樣的人？」

「怎樣……我記得他快四十歲了，臉很長，戴著眼鏡，整天都油光滿面——」
「他的女性關係如何呢？」芝田著急地問。
「他很會拈花惹草。」香子回答說：「我們每個月會上一次進修課，只有在那個時候會看到老闆，聽說他每次都會搭訕女生，雖然他從來沒有追過我。」
「他現在有和誰在交往嗎？」加藤問。
香子偏著頭，「我不知道，應該有吧？為什麼要問我老闆的事？」
「呃，這是因為——」加藤遲疑了一下，沒有繼續說，看著身旁的芝田。芝田也轉頭看著別處。加藤將視線移回她的身上回答說：「因為是丸本老闆發現了屍體。」
「老闆？為什麼老闆會來這裡？」
香子一雙大眼睛輪流看著兩名刑警。因為平時老闆向來不會來派對的會場。
「嗯，有各種理由吧。」加藤語帶安撫地說：「總之，就是丸本老闆和飯店的服務生發現的。」
「我可以請教一個問題嗎？」
「請說。」
「繪里為什麼又跑去二〇三號房？她才和我一起離開啊。」
「她又回來了。」加藤說：「她和妳分開之後，又回來這裡。」
「為什麼？」香子想要知道這件事。

加藤停頓一下才說：

「規定不能談太多涉及隱私的問題。」

「妳早晚會知道，」芝田說：「只是不方便由我們告訴妳，就只是這樣而已。」

加藤聽了他的話後皺起眉頭。芝田說的似乎是實話。

「那我想再請教一個問題。繪里是自殺嗎？還是被人殺害？」

「剛才說了，目前還不清楚，但在現階段認為自殺的可能性比較高。」

「自殺？」

這時，聽到了「啪答」的聲音。香子驚訝地轉頭一看，發現芝田用手指彈著記事本。啪答、啪答、啪答。然後他看著自己的指尖。

「呃……」加藤抓了抓五分頭，抱著雙臂。「還有其他問題嗎？」

他似乎在問芝田。芝田看著香子問：

「牧村的酒量怎麼樣？」

「酒量？這個嘛……」香子偏著頭，「她的酒量不太好，大概只能喝一杯啤酒。」

「原來是這樣。」芝田點頭，看著加藤。「我沒有其他問題了，反正之後應該還會見面。」

這句話聽起來意味深長，但加藤點頭同意。「那倒是。」

走出房間後，香子搖搖晃晃走在走廊上，然後沿著樓梯來到大廳。正準備走向出口的方向時，眼前突然一黑。

「聽說警察正在向公關問話，喔，原來是妳啊。」

他是『華屋』的阿斗西原健三，說話的聲音好像是從頭頂鑽出來。香子基於本能露出笑容，但立刻又收回。

「西原先生，你還在這裡啊？」

「對啊，我在頂樓的酒吧和客戶一起喝酒，正準備去續攤，就遇上這情況，警察要我拿出身分證明，真是傷腦筋。」

香子這才發現大廳內很混亂，警方可能正在清查所有客人的身分。

「情況怎麼樣？果然是謀殺案嗎？」

香子瞪著健三說：「我不知道。」

「是嗎？對了，妳家住哪裡？我送妳回去。」

「不，不用了。」

香子快步準備離去，健三卻依舊死纏爛打。

「妳不必客氣，妳聽……」

這時，身穿深藍色西裝的佐竹突然出現在面前。香子嚇了一跳，停下腳步。

「常董，副董事長找你。」

「我哥？」健三露出了不耐煩的表情，「那就沒辦法了，下次再找機會。」

健三說完，就和佐竹一起走回去。

香子走出飯店的玄關，一輛黑色Century停在她面前。後方的車門打開，高見俊介探出頭說：「上車吧，我送妳回家。」

香子當然毫不猶豫地接受他的好意。

「竟然發生了這麼不幸的事，妳現在的心情有沒有稍微平靜些？」

「嗯，總算好些了。」

車子開出去時，香子回頭看了飯店一眼，剛好看到班比公關公司老闆丸本久雄走出來。他駝著背，臉色很憔悴。

送香子到高圓寺的公寓路上，高見幾乎沒有主動說話，只問她肚子餓不餓，明天有沒有工作。香子沒有食慾，明天當然還要工作。

「那就改天再聯絡。」臨別時，他對香子說。

香子回到房間，沒有脫衣服就倒在床上。內心漸漸產生悲傷，但並不是因為失去朋友。繪里是獨自生活，自己也一樣。香子覺得如果她死了，別人應該會談論同樣的話題。也就是說，沒有人瞭解自己。

她流下一行眼淚，乾脆脫了衣服，鑽到床上，小聲哭了起來。

第二章　像低級小說般的死法

1

香子聽到叮咚的門鈴聲響起。昨天晚上哭著哭著就睡著了，難得睡眠很充足，但腦袋還是昏昏沉沉。她懶洋洋地穿上休閒服，趿著拖鞋走向玄關，確認掛著門鍊後，打開鎖和房門。

「請問是哪位？」

「不好意思，我是剛搬到妳隔壁的鄰居，請問可以借一下電話嗎？」

香子聽到年輕男人的聲音。

「電話嗎？」

香子揉揉眼睛，看著對方的臉，不禁吃了一驚。她之前好像在哪裡看過這個人，黝黑的皮膚印象特別深刻。

「啊！」對方叫了一聲，「妳不就是昨天的公關小姐嗎？」

「喔喔，原來是昨天的刑警先生。你是……我忘了。」

「我叫芝田，妳怎麼會在這裡？」

「我怎麼會……」香子撥撥頭髮，「我住在這裡啊。」

「原來是這樣。」芝田看看門牌後點頭，「沒錯，的確寫著小田。」

「你搬來我隔壁嗎？」

「對啊，真是太巧了。當刑警會遇到各式各樣的人，原來還有這種情況，太厲害了。」

芝田有點感動地說。

「有刑警住在隔壁就安心了，因為這裡有時候會有可疑的男人出沒，以後請多關照。」

「也請妳多多關照。」

香子關上門，想著原來還有這麼巧的事，回到床上，沒想到又立刻聽到敲門聲。香子又去開門。

「電話。」皮膚黝黑的芝田說。

「喔，對喔。」

她先關上門，鬆開門鍊後，請芝田進屋。電話放在廚房的吧檯上，香子決定趁他打電話時來泡咖啡。

芝田似乎打電話去分局，說會晚到一個小時。「我昨天和今天都請了休假。要搬家啊，結果昨天搬家搬到一半就被叫去了。對，傢俱都還沒拆開……我當然也會有一兩件傢俱啊。一個小時，三十分鐘根本沒辦法做任何事。我現在連睡覺的地方都沒有。」當他交涉完時，咖啡已經泡好了。

「真辛苦啊。」香子將咖啡端給芝田。

「啊，謝謝。對啊，那些老人都搞不清楚狀況，如果不是一大清早去辦案，就覺得沒在工作——嗯，咖啡真好喝。」

香子端著咖啡，坐在地毯上。

「是因為昨天有案件發生，才會這麼忙嗎？」

「沒錯，但是我猜想很快就忙完了，應該會以自殺結案吧。」

「是自殺嗎？」

「不清楚，但根據現場的狀況，除了自殺，很難想像還有其他的可能。」

香子注視著咖啡杯中的液體。自己昨晚和高見在咖啡廳喝咖啡時，繪里到底發生了什麼事？

「我問你，」香子說：「你們昨天不是有很多事沒告訴我嗎？現在仍然是秘密嗎？」

「我不覺得需要隱瞞，妳想知道什麼？」

「全部，我想知道所有的事。」

「好啊，就當作是謝謝妳的咖啡。」

芝田語畢，喝完咖啡。

「妳最後見到繪里小姐是在九點之前，對吧？妳們在飯店的櫃檯前道別。」

香子點點頭。

「但是，她在九點多時又回到飯店。聽櫃檯人員說，那時候差不多是九點二十分左右，她說她是班比公關公司的人，有東西忘在二〇三號房，所以要借用一下鑰匙——然後就拿走鑰匙。」

繪里說她忘了拿東西應該是說謊。因為臨走時曾經仔細檢查室內，沒有發現遺漏什麼東西。

「大約二十分鐘後，一個男人去櫃檯問，是不是有一個姓牧村的女人借走二〇三的鑰匙。那個男人就是妳們公司的老闆。」

「丸本……」

「沒錯，櫃檯人員說，的確是一位牧村小姐借走鑰匙，但丸本說，他去敲了二〇三號房的門，沒有人回應。櫃檯人員打電話去房間，也沒有人接電話，於是服務生就帶著通用鑰匙，和丸本一起去房間。」

「他們進去房間後，發現繪里死了嗎？」

「雖然是這樣，但他們無法輕易打開房間的門。」

香子皺著眉頭，偏著頭問：「怎麼回事？」

「可以先給我一杯水嗎？」

香子起身，在杯子裡裝了水之後遞給芝田。芝田喝完之後，擦擦嘴說：

「和妳剛才開門時一樣，當他們用通用鑰匙打開門後，發現門鍊是掛著的。」

2

芝田接著說：

「既然掛著門鍊，就代表房間內有人。丸本隔著門縫叫人，但仍然沒有聽到任何回應。他從門縫中張望，立刻大吃一驚。因為可以隱約看到牧村趴在桌上。丸本努力設法打開門鍊，卻無法成功。這也是理所當然。這時，服務生帶著總經理出現。總經理帶來鐵剪，丸本用那把鐵剪剪斷門鍊，打開門，這才發現她已經死了。」

香子緩緩搖著頭，把旁邊的菸灰缸拉過來，從皮包拿出駱駝牌香菸問芝田：「不介意吧？」他眨一下眼睛代替點頭。

香子用力吸一口菸，覺得看事情的態度和剛才不太一樣了。她剛才聽芝田說話時，感覺好像在做夢，現在似乎慢慢能夠接受這樣的現實。

「我這麼說是為妳好，」芝田說：「最好還是戒菸吧，真搞不懂年輕女生為什麼想要吸菸，吸菸只會加速老化。」

香子把煙吐向天花板時看著他問：「你是拒菸派嗎？」

「我對拒菸運動並沒有興趣，只是覺得妳很漂亮，沒必要讓自己變成吸菸醜八怪。」

「吸菸醜八怪？」

「吸菸會讓皮膚變得粗糙，牙齒內側變黑，頭髮都是菸味，還會有口臭，而且吸菸和吐煙的時候表情很呆，連自己看了都會嚇一跳。從鼻子噴煙，然後被煙嗆得臉皺成一團的樣子，簡直呆到極致。」

芝田皺著臉給香子看。

呵呵呵。香子輕輕笑了，從下方探頭看著芝田的眼睛說：

「你的毒舌可以說得這麼順，好像事先練習過。好吧，我從今天開始努力。」

香子把香菸在菸灰缸中捺熄後，再度抬頭看著他的臉問：「然後呢？」

「剛才說到哪裡？」

「說到他們進房，發現了繪里。」

「發現她之後，就打電話報警。築地分局的刑警趕到之後，聯絡我們警視廳的人。」

「你那時候正在搬家。」

「對啊，我連裝衣服的紙箱都來不及打開。」

芝田握著拳頭，在吧檯上捶了一下。

「繪里死的時候是什麼樣子？」香子問。

「就像這樣，」芝田說完，把雙臂放在吧檯上。「趴在桌子上。」他把臉放在雙臂上，「旁邊有一個還剩下半瓶的啤酒瓶，杯子掉在地上，杯子裡原本應該還有啤酒，因為地上都濕了。」

「杯子裡有毒藥嗎？」

「應該吧。」芝田回答。

香子回想起和繪里道別時的情況。她當時的確有點沉默。在派對之前，她們還在聊『華屋』的事，但後來回到休息室，她幾乎沒有說話。難道她當時就下定決心要自殺嗎？果真如此的話，到底又是為了什麼？

香子想起另一件事。

「你還沒有說丸本老闆的事。為什麼老闆在找繪里？」

「因為他們有一腿。」

芝田很乾脆地回答。

「有一腿？」

「就是丸本和牧村繪里，他們昨天晚上約好要見面。」

「怎麼可能？你在開玩笑嗎？」香子提高音量，「繪里和老闆？那簡直比美女和野獸更糟啊。」

「但是，他們就是在一起，丸本親口說的，只是要求我們保密。昨天晚上，他們約好在作為休息室使用的二〇三號房約會，所以丸本就過去那裡，但敲了很久的門，都沒有人回應，才會去找櫃檯。」

「你說他們在一起，是從什麼時候開始？」

「聽說是最近，好像是一個月前。丸本說，是他主動約牧村繪里。」
「真是難以相信……」香子雙手摸著自己的臉頰。
「事實如此，也由不得妳不信。」芝田看著手錶後站起來，「我所知道的都告訴妳了，如果再耗下去，晚上又沒有地方睡覺了。」
「等一下，最後一個問題。除了自殺以外，真的沒有其他可能嗎？」
「所以啊，」芝田用食指揉揉人中，「我剛才說過，房間是從內側掛上門鍊，這是認定她是自殺的關鍵。」
「動機呢？」
「雖然目前還不清楚……不過應該是感情糾紛吧？」
「感情糾紛？」
香子重複之後，發現明顯不符合繪里的形象，但男女之間可能就是這麼一回事？
「那我先走了，謝謝妳的咖啡，很好喝。」
芝田走向玄關，但走到一旁停下腳步，他轉過頭看著香子說：
「不過，我並不完全確定是自殺。」
「嗯？」
「下次有機會再慢慢聊。」
芝田打開門後離去。

3

那天晚上的工作地點是在濱松町的一家飯店。雖然香子很不想上班，但還是強打起精神。因為經常臨時請假會被列入黑名單，而且她覺得見到其他人，或許可以打聽到什麼消息。

休息室內氣氛低迷，簡直就像是守靈夜。雖然有二十個人，但沒人閒聊，只是默默地換好衣服、化完妝，等待進入會場工作。負責業務的米澤也一臉嚴肅。

這一天的派對是不知道哪一個學會的聯歡會，參加的成員都是大學教授、副教授和廠商研究室的主管，幾乎都是中老年男人，看起來很邋遢，一點都不好玩。但他們似乎很高興有機會和年輕女生接觸，都會裝出一副熟絡的樣子過來搭訕。

終於撐過痛苦的兩個小時回到休息室後，綾子走到她身旁問：

「妳有沒有聽說，繪里竟然和老闆在一起？」

香子驚訝地看著她的臉問：「妳聽誰說的？」

「大家都知道啊，這件事情已經傳開了。」

「是喔……」

香子感到很吃驚。難怪刑警說，即使他們不講，大家也遲早會知道。

「繪里真是傻，竟然為那種男人自殺。其他男人多的是啊。」
綾子小聲繼續說，報紙上也說很可能是自殺。
「但未必和老闆的事有關啊。」
「妳在說什麼啊。絕對是因為和老闆鬧翻，所以才會自殺。」
這時，她突然閉上嘴。因為領班江崎洋子走進來。洋子掃視所有人後，緩緩在椅子上坐下。
過了一會兒，房間內的電話突然響起。米澤接起電話說了幾句，立刻看著洋子說：
「江崎小姐，找妳的。」
洋子一臉驚訝地接過電話，香子發現她神情立刻變得緊張，小聲回答：「好、好」之後，掛上電話。
離開飯店後，香子和綾子一起走去車站。
「剛才的話還沒說完。」
綾子似乎很想聊繪里的事，香子當然求之不得。
「繪里是因為三角關係，才會自殺，我覺得她太傻了。」
「三角關係？」香子邊走，邊將身體轉向綾子的方向。「除了老闆和繪里，還有誰啊？」
綾子突然停下腳步，撇著嘴角，然後四下張望一下，壓低聲音說：

「妳不知道嗎？消息未免太不靈通。」

「另一個人是誰啊？」

「領班啊。」

「啊？」

江崎洋子？

「他們在一起已經很久了。」綾子再度邁開步伐，「上完進修課時，他們就會一起消失，妳竟然不知道？」

香子默默搖搖頭。她完全不知道。

「我只知道老闆在上進修課時會去搭訕女生。」

「那是障眼法，妳千萬別被騙。」

「原來是這樣啊……」

聽綾子這麼一說，香子覺得似乎有跡可尋。只不過丸本並不是香子喜歡的類型，她從來沒有想過這件事。

「但是連我都不知道繪里和老闆的事。」

綾子用力拍著自己的頭，好像做錯什麼事。「我猜想老闆和領班的關係匪淺，和繪里只是偷吃而已，可是繪里是真心的，結果就一時想不開自殺了。」

「繪里……我還是很難相信。」

「但是除此以外，根本沒有其他可能啊。」

她們在說話時，已經來到車站。她們要往不同的方向，於是就揮手道別，搭上不同的電車。

香子站在車門前，怔怔地看著車窗外的夜景。綾子說的話是真的嗎？或許有點誇張，但應該不是空穴來風。香子覺得如果繪里真的像綾子說的那樣，死得像廉價小說的情節般，那就更悲哀了。

4

雖然兩個當事人都沒有察覺，但其實香子和芝田在飯店前擦身而過。芝田來飯店是為了向江崎洋子瞭解情況。江崎洋子剛才在休息室接到的電話就是他打的。

走進飯店玄關，左側是一家咖啡廳。他們約好在那裡見面。芝田巡視咖啡廳內，確認對方還沒有到，就在附近的桌旁坐下。時鐘指向八點半。咖啡廳內除了他以外，只有幾個人。

他點了檸檬紅茶，等待對方出現時，回想起白天和丸本久雄見面時的情況。白天的時候，他和加藤一起去了班比公關公司的辦公室。

班比公關公司位在赤坂一棟大樓的五樓，公司內有二十名左右的員工，其中有幾個人坐在電腦前，電話響個不停，有將近一半的員工都忙著接電話。

坐在窗邊座位的丸本正在寫東西。和昨天一臉憔悴的樣子相比，今天的氣色看起來很不錯，但他看到芝田和加藤時，還是顯得不知所措。

辦公室角落有個用簾子隔開的空間，他們被帶去那裡。丸本向一名員工交代了幾句，後來才知道是請他去端咖啡。

「有幾件事想要向你確認一下。」

加藤開口，丸本緊張地點頭。小田香子說得沒錯，他的臉很長，看起來很油膩，而且五官缺乏立體感，看起來就像是俗氣的古代朝廷官員。他今年三十七歲，可能是因為駝背的關係，所以看起來比實際年齡更蒼老。

「你從什麼時候開始和牧村小姐交往？」

「關於這件事，我昨天不是已經說了嗎？」丸本以不安的眼神看著兩名刑警，「從一個月前開始，是我主動約她吃飯。」

「在那之前，你們都沒有來往？」加藤問。

「對。」

「你的交往對象就只有牧村嗎？」

丸本心虛地轉動著眼珠子。

「什麼意思？」

「就是問你，除了她以外，還有沒有和其他女性交往？」

芝田在一旁問道，丸本看他一眼，然後又轉頭看著加藤。

「為什麼要問這個？」

「因為今天上午，我們問了貴公司幾名公關，其中一個人告訴我們，你之前就有一個交往對象，而且對方一樣是公關小姐，不過她要求我們別追問那名公關是誰。」加藤說完之後，仔細打量著丸本。「所以我們想直接來問你。那個人並不是牧村吧？」

丸本拿出手帕，擦擦冒油的鼻子，眨了兩三次眼睛。

「我並不是故意隱瞞……」

然後，他就說出了江崎洋子，據說他們交往已經超過一年。江崎洋子是公關的領班，他們經常有機會聊天，後來就在一起了。丸本目前還是單身，但並沒有打算和江崎洋子結婚。

「牧村知道你和江崎的事嗎？」

芝田問，丸本搖頭。

「我不知道。雖然我們並沒有公開，但她可能察覺到了。」

「你打算怎麼處理和牧村的事？只是玩玩而已嗎？」

「不，我並不是玩玩而已，而是真心的。」

「所以你和江崎不是認真的？」

「不……」他把手帕在手上揉成一團，「我對她們兩個人都是真心的。」

芝田和加藤互看一眼，聳聳肩。加藤輕輕嘆氣。丸本可能察覺這種氣氛，補充說道：

「但是，我知道這樣下去不行，所以我決定和她們兩個人都分開，昨天正打算向繪里提分手。」

「喔，」加藤再次看著他，「你下了很大的決心啊。」

「因為這是唯一的辦法。」

丸本垂下頭。

江崎洋子在八點四十分準時出現。她身材苗條，一頭黑色長髮披在穿著黑色毛衣的肩上。芝田想起小田香子和死去的牧村繪里，覺得丸本可能專門挑選這種身材的公關。

「還有什麼要問的嗎？」

洋子冷冷地問。因為白天已經有其他刑警來向她調查，刑警回報說，洋子回答的內容和丸本所說的基本一致，洋子似乎知道丸本招惹繪里這件事，認為他只是逢場作戲。

「只是向妳確認一下妳和丸本老闆的事而已，有幾個問題忘了。」

芝田雖然這麼說，但其實今天來這裡是他的單獨行動。

「什麼問題？」洋子的態度仍然很冷淡。

「聽說妳知道丸本老闆和牧村的事？」

「嗯。」她一臉嚴肅的表情揚起下巴。

「妳曾經針對這個問題和丸本老闆談過嗎？」

「談？談什麼？」

「就是今後的事啊，你們沒有爭吵嗎？」

洋子呵呵笑了，從皮包裡拿出菸。她緩緩點菸，用力吸一口之後，從鼻子噴著煙。芝田心想，吸菸醜八怪。

「他有這毛病。」

「妳說的他，是指丸本老闆吧，他有什麼毛病？」

「就是會拈花惹草，然後就一頭栽進去。我想他和繪里應該也是這樣。」

「妳真冷靜啊，」芝田看著她的眼睛說：「簡直就像默許男友外遇。」

洋子指尖夾著香菸，再度發出呵呵的笑聲。芝田以為她要說什麼，但她什麼都沒說。

「丸本老闆說，他打算和妳，還有牧村都分手。」

「好像是，但他並沒有提分手。」

「或許過幾天就會說了。」

「可能吧，但這樣也沒關係。」

「這樣也沒關係……意思是即使分手也沒關係嗎？」

「對啊。」她叼著菸，若無其事地點頭。「反正他過一陣子一定又會來找我，說希望可以復合。他就是這種人。」

洋子說完，撇著嘴角，吐著煙。

5

案發至今已經過了四天。

這天晚上剛好休假，香子在家裡聽音樂。那天之後，報紙上沒再報導繪里的事。繪里家裡的人應該在哪裡舉辦葬禮，但香子甚至不知道誰領走她的遺體。即使打電話去繪里的租屋處，也沒有人接電話。住隔壁的刑警這一陣子都不在家。

那天晚上八點左右，香子聽到隔壁開門的聲音，然後又粗暴地關上門。芝田似乎回家了。

香子走出房間，按了芝田家的門鈴。門內傳來不耐煩的回答後，門打開了。

「你好。」香子打招呼後，立刻皺起眉。「你的臉好可怕。」

「這幾天都一直住在分局。即使深夜回到這種地方，也沒辦法好好休息。」

香子探頭張望，發現紙箱和紙袋都堆到門口。他似乎仍然沒有整理好。

「還沒吃晚餐嗎？」

香子看到他手上拿著泡麵，不禁問。他噘著嘴，無奈地說：

「這一陣子都吃這個，連我自己都覺得太省瓦斯費了。」

「真可憐。」

「如果辛苦有回報，就不會覺得可憐。」

「沒有回報嗎？」

芝田拿著泡麵，無力地搖搖頭。

「好吧，你要不要來我家？我請你吃晚餐，但你要把你掌握的情況告訴我，而且我家只有多出來的義大利麵。」

「我感動得快哭了，不過我掌握的情況價值可能遠不如妳的義大利麵。」

芝田穿著運動褲和夾克來到香子的家裡。在香子為芝田做蛤蜊義大利麵時，他拿起放在一旁的卡拉揚指揮的唱片套。

「沒想到妳是古典樂迷。」他說。

「我現在才要成為樂迷。」香子說：「這是今天去唱片行租來的。」

「為什麼突然想要成為樂迷？」

「因為這是灰姑娘的條件，白馬王子熱愛古典音樂。」

「喔，原來是這樣。」

芝田一臉無趣地把唱片套放回去。

「為了讓人看得上眼，要花不少功夫，你熟悉古典音樂嗎？」

「一竅不通。」

「你平時都聽什麼音樂？你是刑警，都聽演歌嗎？」

「為什麼刑警要聽演歌？我通常都聽年輕女歌手的搖滾，最喜歡『Princess Princess』這個搖滾樂團。」

「真是意外。」香子瞪大眼睛，「不過，有這樣的刑警也不錯。讓你久等了，義大利麵好了。」她把盤子放在吧檯上。

「哇，真是感謝。」

芝田高興地在椅子上坐下，拿起叉子，大口開動。香子問他好不好吃，他塞著滿嘴的麵點頭。他一口氣吃完一半後，抬起頭對香子說：

「那起事件應該會以自殺結案。」

香子在地毯上坐下，抬頭看著他。

「有什麼新進展嗎？」

「嗯。」他喝了一口水，「我有沒有告訴妳毒藥是氰化鉀？日前已經查到毒藥的來源。牧村繪里的房間內有一個小瓶子，毒藥就裝在那裡面，也就是說，現場發現的毒藥是她自己準備的。」

「繪里為什麼會有這種東西？」

香子噘著嘴唇問。

「這就是關鍵。據說她是從老家帶來的。」

「老家？」

「妳不知道嗎？她老家在名古屋，就是以外郎糕和寬扁麵出名的名古屋。」

名古屋——

香子完全不知道這件事。她和繪里從來沒有聊過彼此的私事。

「她在兩年半前來到東京，通過皇家公關經紀公司的考試，成為公關。」

「我知道她之前在皇家。」

在公關派遣業界，皇家公關經紀公司是一家很有歷史的公司，隨時都有兩百名左右的公關，所有人都經過嚴格培訓，錄用時的門檻很高，所以即使離開皇家公關自由接案，也不必擔心沒有生意。

繪里在三個月前從皇家公司來到目前這家公司，她當時說，是因為皇家公關太嚴格了，根本沒有自己的時間。

「在案發的三天前，她回去老家，據說就是那個時候回去拿氰化鉀。」

「回家拿……她老家是電鍍工廠之類的嗎？」

正在吃義大利麵的芝田聽到香子這麼說，不禁嗆到。他慌忙喝水，轉頭看著她說：

「妳竟然知道電鍍工廠需要用氰化鉀。」

「電視上的推理劇不是經常在演嗎？說什麼凶手從電鍍工廠偷了氰化鉀。」

芝田一臉無奈。

「電視的影響力真是太可怕了，但繪里老家並不是電鍍工廠，而是米店。」

「米店？」香子偏著頭。

「幾年前，店裡的老鼠很猖獗，他們很傷腦筋，當時，她父親有一個開汽車修理廠的朋友送了一點氰化鉀給他們，想要用來消滅老鼠。雖然做了毒餌放在老鼠出沒的地方，但那些老鼠根本不屑一顧。只不過當時剩下的氰化鉀就在密封之後，放在櫃子裡。」

「結果繪里就拿走了？」

「應該就是這樣。她爸爸聽到氰化鉀，立刻想到這件事，於是就去察看，發現瓶蓋的確有打開的痕跡。牧村在案發的三天前雖然曾經回家一趟，但並沒有什麼特別的事，現在回想起來，她應該就是回去拿毒藥。」

芝田吃完最後一根義大利麵後放下叉子。

「原來是這樣。」香子坐在地毯上，抱著雙膝，把臉埋進雙膝。「那應該就是自殺。」

「但也有不同的意見。」

香子聽了芝田的話後抬起頭，「不同的意見？所以不是自殺嗎？」

「不，雖然以結果來說，還是自殺。只是她在回家拿毒藥時，可能打算和對方同歸於盡，但最後還是一個人自殺——總之，有人認為是這樣。」

「這是有力的見解？」

芝田想了一下後，點頭說：

「應該算有力吧，只不過無論她原本是怎麼想，都和警方沒有太大的關係，關鍵在於這起案子有沒有犯罪的可能性。」

「但你們認為沒有這種可能嗎？」

香子說這句話時，芝田旁邊的電話響起。香子在他旁邊的椅子上坐下，接起電話，只「喂」了一聲。可能是惡作劇電話，因此她並沒有報上自己的名字。

「喂？請問是小田小姐嗎？」電話中傳來一個男人的聲音。香子聽過這個聲音。

「我就是。」

「我是高見，我們前幾天才見過，妳還記得我嗎？」

香子立刻眉開眼笑。

「我當然記得，那天真不好意思。」

她的聲音、語氣突然改變，坐在旁邊的芝田目瞪口呆。

「我想履行那一天的約定，我知道有一家不錯的餐廳。妳明天有空嗎？」

「明天……嗎？」

各種念頭都浮現在香子的腦海中。明天有工作。如果要請假，必須提前一週申請，再說今天已經休了假。臨時請假會被公司列入黑名單，但她又不想錯過這個機會。

「請問大約幾點？」香子問。

「嗯，我打算六點左右去接妳。」

六點──這個時間絕對不行。正當她這麼想的時候，看到托腮發呆的芝田，立刻想到妙計。

「好，沒問題。」

「是嗎？太好了，那我六點去接妳。」

香子掛上電話後，芝田問：「是白馬王子打來的嗎？」

「我要拜託你一件事。」

香子用右手抓住他的膝蓋，左手做出拜託的姿勢說：「你明天可不可以打電話到我們公司，說晚上有事要問我，請公司讓我請假嗎？」

「啊？」芝田皺眉，「我為什麼要為妳做這種事？」

「你也聽到剛才那通電話了吧？他是高見不動產的年輕專務董事，現在是我能不能把握幸運的關鍵時刻，你幫一下忙又不會怎樣。」

「高見不動產？對方應該只是和妳玩玩而已吧？」

「一開始只是玩玩而已也沒關係，我會利用這個機會，像甲魚一樣咬住他不放。」

「甲魚……」

「拜託啦，我們不是朋友嗎？你剛才還吃了我的義大利麵。」

香子發出帶著鼻音的嫵媚聲音，搖著芝田的膝蓋。

「真是拿妳沒辦法，」芝田抓著頭，「萬一事跡敗露怎麼辦？」

「不會啦，拜託。」

「真的不會被發現嗎？」

「別擔心，哇，太棒了。謝謝，真是太感謝你了。那我來泡咖啡表達感謝。」

香子走去廚房燒熱水，不禁高興地哼著歌。

「妳和剛才的表情也差太多了。」芝田說：「我不是在笑妳，妳還是開心的模樣比較好看。」

「謝謝，你有幾分之一的功勞。」香子笑著說：「我和繪里經常說，一定要嫁給有錢人。因為有錢總比沒錢好太多了。」

「那當然。」芝田露出五味雜陳的表情。

「朋友死了，我還跑去約會似乎有點不上道，但如果我能把握幸運的機會，我相信繪里會為我感到高興，你不覺得嗎？」

「我不知道。」芝田把玩著剛才吃義大利麵的叉子，嘆著氣說：「我認為她的死沒這麼簡單。」

香子正把咖啡粉倒進濾紙中，她停下手，看著芝田，皺著眉頭說：

「你上次也這麼說……難道你覺得她不是自殺嗎？」

「雖然我無法斷定，但有幾個疑問。」芝田握緊旁邊的杯子說：「那個房間內有兩只杯子，她用了其中一只，但仔細觀察之後，發現另一只杯子也有點濕，這不就代表有另一個人使用過嗎？」

「我們之前都在那個房間，可能有人用過杯子。」

「如果是妳們用的，不是會在用過後就丟在那裡嗎？不會洗乾淨之後，又擦乾吧？」

「……那倒是。」

「除此以外，繪里把氰化鉀放在啤酒內喝下去這件事一樣讓我不解。妳可以在這個杯子裡裝水嗎？」

香子在杯子裡倒水，芝田指著裝了水的杯子說：「假設現在有人想要自殺，手上有毒藥和飲料，那個人會怎麼服毒？是把毒藥倒進嘴裡，然後再用飲料吞下去？還是會把毒藥倒進飲料中一起喝？」

香子攤開雙手，聳聳肩。「看個人喜歡吧。」

「是啊，繪里選擇把毒藥倒進飲料的方法。」芝田做出把毒藥倒進水中的動作，「接下來是重點，如果是妳的話，妳會在裡面加多少氰化鉀？」

「我怎麼知道？因為我不知道致死量是多少，所以有多少就會加多少吧。」

「有道理，總之會把致死量的毒藥加進飲料裡。接下來就是問題了。」芝田拿起杯子問：「要怎麼喝這杯水？是一口氣喝完？還是小口小口慢慢喝？」

「當然是一口氣喝完啊，慢慢喝不是更痛苦嗎？」

「這樣想的確比較合理。」芝田把杯子放在吧檯上後繼續說：「接下來就有一個疑問，也就是根據自殺者的心理，應該會挑選能夠一口氣喝完的飲料，所以我覺得繪里選擇啤酒有點奇怪。因為之前曾經聽妳說，她的酒量並不是很好，差不多只能喝一杯啤酒左右。也就是說，對她來說，啤酒並不是容易入口的飲料。既然下定決心要自殺，應該會用水，或者是果汁之類的飲料。」

香子聽到芝田這麼說，想像著繪里自殺時的情況。既然是臨死前最後的飲料，選擇她並不怎麼喜歡的啤酒的確有點不太自然。

「但是，」她說：「也不能因為這樣，就斷言她不是自殺啊，可能是臨死之前心血來潮，想要喝啤酒。」

芝田搖頭。

「妳竟然和我前輩說同樣的話，沒想到像妳這種年輕女生，會和中年糟老頭說相同的話，真是太有趣了——我有不同的意見。我不認為人在臨死之前會心血來潮，人在死的時候都會很保守。」

「但是……但是……」香子用拳頭敲著自己的太陽穴。她向來不擅長有條理地表達意見，「對了，不是有門鍊的問題嗎？只能從裡面掛上門鍊，所以認為是繪里自己掛上門鍊。」

「問題就在這裡，」芝田說：「但我覺得一定有什麼玄機。這可能是密室殺人。」

「密室？太好笑了。」

香子雖然這麼說，但她並沒有笑。

「早就有人笑我了，但我並沒有放棄。」

芝田喝完杯子裡的水後起身，「好，我要回家好好想一想有什麼玄機。」

芝田走向玄關時，香子叫住他。「啊，等一下。」

他轉過頭。

「明天的事拜託你嘍，這關係到我的終身大事。」

芝田聽了她的話，顯得無奈，隨即重重地嘆氣說：

「女人真是太強了。」

「晚安。」

「晚安。」

說完，他走出房間。

第三章　傳來啜泣聲

1

隔天中午過後，芝田前往皇后飯店，去見發現屍體的飯店總經理。姓戶倉的總經理是四十多歲、身材很瘦的男人。

「那起事件不是已經解決了嗎？」

戶倉明顯感到不耐煩。

「還要再確認一下。」

芝田說。「確認」這兩個字真的很方便。

「我可以再看一下現場嗎？那個房間目前還沒有使用吧？」

「雖然是這樣……」

戶倉稍微想一下，隨即無奈地點頭。「好吧，請跟我來。」

戶倉向櫃檯人員拿了二〇三號房的鑰匙後快步移動。芝田慌忙跟上。

用鑰匙打開二〇三號房的門鎖後，戶倉有些粗暴地推開門。窗簾沒拉開，室內很暗，床上仍然很亂。

「那天之後，沒有人來打掃吧？」

「這個房間完全沒有動。」

總經理輕輕閉上眼睛。

芝田打量著室內，小心謹慎地進房。戴上手套後，拉開窗簾。春天的陽光照了進來，可以看到空氣中飄舞的灰塵。

他看向窗外。下方是馬路，對面是一棟大樓，應該不可能從窗戶離開，逃去其他地方。再說發現屍體時，窗戶也鎖著。

「聽說當時你和服務生一起發現屍體？」

「是，要不要叫那個服務生一起過來？」

「麻煩你了。」

戶倉板著臉走出房間，他的態度似乎表示芝田想怎麼查都沒關係。

他關上門時，門鍊發出喀答喀答的聲音。芝田走過去一看，發現被剪斷的半條門鍊仍然掛在門上，搖晃時發出聲音。

芝田仔細檢查門鍊的每個鐵環。以前曾經有人用鐵鉗夾斷其中一個鐵環，逃出室外之後，再重新把鐵環連上去，但他檢查了很久，仍然沒有找到曾經被動過手腳的痕跡。

聽到敲門聲後，他打開門，發現戶倉和服務生站在門外。服務生穿著以紅色為基調的合身制服，看起來才二十出頭，芝田記得在案發當天晚上曾經見過他，而且記得他姓森野。

「你和丸本先生一起來這個房間時，門鍊是掛著的嗎？」

「沒錯。」姓森野的服務生回答。

芝田看著戶倉說：「門鍊絕對不可能在門外打開，對嗎？」

「不可能。」戶倉斷言道。

「所以，唯一的方法就是剪斷門鍊嗎？」

「是啊，森野向我說明情況後，我就馬上想到必須剪斷。雖然有些飯店會使用一些品質很差的門鍊，那種飯店的門只要用力一撞就可以撞開，但我們的門鍊很安全，所以我毫不猶豫地帶了鐵剪過來。」

戶倉得意地說，他似乎在強調飯店的安全性。

「說到鐵剪——你們飯店竟然還準備了這種東西。」

「因為啊，」戶倉故弄玄虛地說：「難免會遇到類似的情況，就預備著以防萬一。」

「原來是這樣——可不可以請你說明一下剪斷門鍊之後，進入房間的情況？」

「這些情況上次已經……」

「我想再瞭解一次。」

戶倉聽了芝田的話，故意大聲嘆口氣。

「我和丸本先生，還有森野一起走進房間，然後我們三個都愣住了。過了一會兒，丸本先生說要報警，我就用那裡的電話報警。」

戶倉指著放在兩張床中間的電話說。

「你去了一樓嗎？」芝田問森野。

「是的，因為客人說樓下可能還有班比公關公司的人，所以叫我去找一下……」

所以當時只有丸本和戶倉兩個人在房間內，而且戶倉正在打電話。芝田看向浴室。凶手會不會躲在浴室，丸本讓凶手逃走了呢？

「我想拜託你一件事，」芝田對戶倉說：「可不可以請你像當時一樣打電話？只要做做樣子就可以。」

戶倉一臉不耐煩地走到兩張床中間，拿起了電話。芝田走到他旁邊，然後對森野說：「可以請你走去浴室，然後稍微打開一條門縫走出來嗎？」

森野點頭，走進浴室，不一會兒，就聽到他問：「可以了嗎？」「可以了。」芝田回答。

只聽到卡答一聲，浴室的門緩緩打開。

芝田很失望。很遺憾，站在戶倉的位置可以清楚看到浴室有人走出來，而且當門打開時會聽到聲音。無論如何，都不可能做這麼危險的事。

「可以了嗎？」

戶倉拿著電話，板著臉問道。

「可以了，謝謝。」芝田心不在焉地回答。

芝田覺得其中一定有什麼詭計。古今中外，有許多密室詭計，只要使用其中一個，絕對可以搞定這種程度的密室……

只不過一旦使用什麼詭計，必定會留下痕跡，但這裡沒有任何痕跡。為什麼？難道是不會留下任何痕跡的詭計嗎？

痕跡？

芝田跑到門旁，然後看著門鍊。

「戶倉先生，這裡並沒有剪斷的門鍊碎片，去哪裡了？」

「去哪裡？警方拿走了啊，他們說要調查。」

「喔……原來是這樣。」

芝田點頭，然後又連續點了好幾次。原來如此，原來如此，我知道了。原來是這麼一回事。想得真周到啊——

凶手——不知道是丸本還是他的共犯，用鐵鉗或是其他工具剪斷門鍊的其中一個鐵環，然後逃出去，之後又再把鐵環套回去。但這樣會留下鐵剪剪斷的痕跡，所以在使用鐵剪的時候，就剛好剪在那個鐵環的部分，就可以順利消除詭計的痕跡。而且聽說是丸本用鐵剪剪斷了門鍊。

只不過這個推理也有問題。因為必須事先瞭解這家飯店在遇到類似情況時，一定會用鐵剪來處理。

「戶倉先生，你說貴飯店有鐵剪備用，之前曾經使用過嗎？」

「有啊。」戶倉回答，「差不多半年前，因為客人到很晚仍然沒有退房，打電話沒有人接，派服務生來察看之後，發現客人在床上癲癇發作，當時客人的房間掛著門鍊，就是用鐵剪剪斷門鍊的。」

「這件事有沒有上新聞？」

「沒有，事情並沒有鬧得很大。」

即使沒有鬧得很大，凶手還是有可能聽說了傳聞。

——如此一來，就可以解開密室的詭計。

芝田摸著門鍊，露出竊笑。或許有辦法讓自殺的說法站不住腳。

——等一下……

芝田摸著門鍊時，突然想到一件事。他轉頭看向戶倉問：

「你剛才說，剪斷門鍊是唯一的方法，但不是可以用鐵鉗之類的工具弄斷一個鐵環嗎？」

既然凶手用這種方式離開，他們當然也可以用這種方式進來。

戶倉的回答出乎他的意料。

「雖然有可能，但反而更麻煩。」

「為什麼？」

「雖然現在不見了，但門鍊外套著皮革套，如果要剪開一個鐵環，必須先把皮革套剪破。與其這麼麻煩，還不如乾脆一起剪斷比較快。」

「皮革套？」芝田以空洞的眼神看著門鍊，「有這種東西嗎？」

「應該也被警方拿走了。」

——怎麼會這樣？

如果有皮革套，就不可能剪斷其中一個鐵環離開。

「所以……不可能有人進出……」

「我不是說了好幾次嗎？」戶倉語帶不滿地說：「門鍊只能從內側掛上，而且無法從外側打開。」

2

門鈴在六點整響起。香子把胸針別在胸前，最後檢查了臉上的妝容後跑去玄關。

「妳好。」

高見帶著爽朗的笑容出現在她面前。深綠色的西裝穿在他身上很好看。

「會不會來得太早了？」

「不會，你很準時。」

他聽到香子這麼說，露齒一笑。

他今天開的是豐田的Soarer。香子坐在副駕駛座上，他握著方向盤，他們中間有一部白色的車用電話。

「我喜歡國產車，」他說：「雖然賓士和Volvo不錯，但我總覺得和日本的街道不太相稱。當然也因為價格的關係。」

說完，他笑了起來，香子也跟著笑了。

他問香子，想吃法國料理還是義大利料理，香子回答說，想吃義大利料理。

「妳喜歡義大利料理嗎？」他問。

「我看了《玫瑰的名字》之後，就愛上了義大利。」

「史恩．康納萊演的，我也看過，那部電影很棒。」

香子以為會去青山一帶，沒想到高見開著Soarer行駛在世田谷的住宅區。香子正在納悶這一帶哪裡有餐廳，高見把車子駛入一個小型停車場。一下車，就看到一棟白色洋房的義大利餐廳。一走進餐廳，發現天花板很高，牆上掛著巨大的畫作，香子猜想上面畫的應該是義大利北部的古城。

餐廳內有十張正方形的桌子，只有兩張桌子旁有客人。服務生把他們帶到最深處的那張桌子。

「我聽說這裡的薄切海鮮很好吃。」

高見說完之後，問香子想吃什麼。香子回答說，你點就好。因為一旦看了菜單，就會猶豫不決，什麼都想吃，而且她也不挑食。

高見點了幾道菜和葡萄酒，香子不禁有點擔心酒駕的問題。

「那件事有沒有什麼新發展？」

服務生離開後，高見問。那件事？香子想了一下，立刻知道他在問繪里的事。

「我不是很清楚，好像很可能是自殺。」

「這樣啊……」

香子發現高見露出凝望遠方的眼神。高見察覺香子注視自己，猛然回神，再度微笑。

「妳當公關多久了？」

「大約……」香子偏著頭回答：「三年左右。」

「妳一直在目前這家公司嗎？」

「不，一年前從其他公司跳槽過來，目前這家公司才剛成立一年半左右。」

服務生送酒上來，為他們倒了酒。乾杯之後，高見只喝了一小口，香子終於放心。

「公司的老闆是不是姓丸本？」

「是的。」香子點頭，心想高見知道得真清楚，不知道是否因為老闆是屍體發現者，報紙上刊登了丸本的名字。

「他在開目前這家公司之前是做什麼的？」

香子搖頭回答，「我不知道，老闆怎麼了嗎？」

「沒有，」他喝了一口水，「我只是覺得開這種公司很有趣，很好奇是怎樣的人開設這家公司。」

「我覺得很無趣。」

「是嗎？也許吧。」

開胃菜送上，他們的談話暫時停止。香子吃著牡蠣，觀察著高見的表情，不禁思考，他今天約我吃飯的目的是什麼——

他在用餐期間都在聊古典音樂和古典芭蕾。臨陣磨槍的香子暗自慶幸，只是沒想到他對芭蕾也有興趣。

「森下洋子實在太厲害，不知道該說是已經達到巔峰狀態，還是該說是出神入化。我之前去看了『天鵝湖』，簡直讓人嘆為觀止。第三幕的黑天鵝三十二圈揮鞭轉，腳尖的位置幾乎都沒有移動。」

只要遇到自己不瞭解的話題時，香子向來都會面帶微笑，點頭附和。她腦袋裡想著下次還要去買芭蕾的書。

在餐後喝義式濃縮咖啡時，高見又再度提起了繪里一事。

「話說回來，上次的事真的太令人震驚，就是在我們像這樣喝咖啡之後，發生了那樣的事。」高見津津有味地喝了咖啡後，看著咖啡杯說：「那個女生是不是有什麼煩惱？她有沒有和妳聊過什麼？」

「不，她沒有和我聊過。」

「這樣啊，妳認識她很久了嗎？」

「差不多三個月左右，」香子回答說：「她之前在一家名叫皇家公關的公司。」

香子說完後，又補充說，繪里覺得皇家公關太嚴格，就辭職了，而且她是名古屋人。

「名古屋啊，果然……」

高見說溜了嘴，香子看著他的臉問：「果然什麼？」

「不，那個……我記得在報紙上看到。」

說完，他又喝了口咖啡。

吃完晚餐，走出餐廳時，高見把車鑰匙交給香子。

「不好意思，妳可以先上車嗎？我去向店長打聲招呼，馬上就回來。」

香子坐在Soarer的副駕駛座上，用力深呼吸。雖然吃得很飽，但她並沒有滿足感。可能是因為有一件事讓她耿耿於懷的關係。

高見為什麼這麼關心繪里的死？照理說，這件事和他沒有任何關係。還是只是自己想太多，他只是想聊剛好在最近發生的共同話題？但在吃飯時聊自殺的事未免太奇怪。

正當香子想著這些事時，旁邊的電話突然響起。香子嚇得跳了起來。

高見還沒有回來。

香子不滿地看著電話，覺得對方為什麼在這種時候打電話來。

——但是……

如果是他的家人打來的怎麼辦？如果得知香子在一旁卻沒有接電話，可能會覺得她很笨，然後覺得這麼笨的女生沒資格嫁給俊介……

電話還在響。

香子鼓起勇氣接起電話。反正只是接通電話而已。

「喂？」她對著電話說。

「……」對方沒有回應。

「呃，高見先生目前——」

她說到這裡時，聽到了什麼聲音。是聲音？還是動靜？香子把電話用力壓在耳朵上。那是啜泣聲。有人在電話的另一端哭泣，那個聲音聽起來似乎深深陷入了黑暗的悲傷。但是，下一剎那，啜泣聲又變成笑聲。奇怪的笑聲聽起來很不正常，而且似乎帶著黑暗的悲傷。

香子粗暴地掛上電話，覺得渾身起了雞皮疙瘩。她的心跳加速，呼吸急促。她知道自己臉色發白。

——這是怎麼回事？

香子注視著白色的電話，摸著自己的手臂。雖然並不冷，但她覺得渾身的血液都冰冷。這時，她聽到咚咚的聲音，她不禁輕聲尖叫起來。轉頭一看，是高見正在敲車窗。她鬆了一口氣，打開車門的門鎖。

「不好意思。」他坐上車，「這家餐廳很不錯吧？價格也不貴……我的臉上有什麼東西嗎？」

「不，」香子搖頭，「謝謝款待。」

「下次我們再去吃法國菜，我寄放了一瓶不錯的酒——」

他的話說到一半就中斷了，因為電話再度響起。他立刻接起電話，放在耳邊。

「我是高見。」

香子發現他的表情瞬間變得凝重。香子確信，就是剛才那個人打來的。

「是我。」高見說：「晚安。」

他就只說了這幾句話，然後若無其事地掛上電話，發動引擎。當他放下手煞車時，好像突然想到什麼似地看著香子問：

「妳剛才……接了電話嗎？」

他的聲音很低沉。

「沒有。」香子搖頭，但她演得太差，連自己都覺得很拙劣。

高見看向前方，緩緩駛離，遲遲沒有開口。

3

香子看著路上來來往往的車輛，思考著剛才那通電話。那通電話到底是怎麼回事？但她無法問出口，因為高見的表情讓她覺得不該發問。

「希望下次還可以再見面。」

抵達香子的公寓時，高見這麼說。為了什麼目的？香子很想這麼問，但還是忍住了。目的是什麼都不重要，只要持續見面，就會有機會。

「改天請你嚐嚐我的手藝。」

香子鼓起勇氣說，但其實她對廚藝並沒有自信。

「太讓人期待了。」

高見笑著說，但隨即正色說：「我是說真的，我們下次再約見面。」

他們握手道別。香子目送Soarer的車尾燈遠去後，走向自己的房間。

回家之前，她敲敲芝田的房門。門內傳來一個粗獷冷淡的聲音，然後開了門。

「約會還順利嗎？」他一看到香子，就劈頭問道。

「算是勝負未定。」香子先說了這句有點莫名其妙的話，又接著說：「今天很不好意思，但真的謝謝你，我只是想道謝。」

「謝謝妳專程來道謝。」

「你似乎還沒整理好。」

香子伸長脖子，向屋內張望。房間內還堆了很多東西，但音響已經放好，屋內傳來音樂聲。果真是『Princess Princess』。

「可以進去嗎？」

「可以啊，至少還有坐的地方。」

香子走進屋內，發現還真的只有「坐的地方」。打開的紙箱堆滿房間，流理台內全是碗盤，垃圾桶塞滿泡麵的空碗。

「這些東西有整理好的一天嗎？」

香子選了一只看起來比較乾淨的紙箱坐下。

「妳別這麼說，我也很擔心啊。」

芝田走去廚房，打開冰箱，拿出兩罐啤酒，然後推開紙箱，走到香子面前，把其中一罐啤酒遞給她。

「謝謝。」香子對他說。

「我今天去了妳的公司。」芝田打開拉環。

「啊喲，你還特地跑一趟？」

「我怎麼可能為了幫妳蹺班做這種事？我是去向其他員工打聽丸本老闆的風評。」

「所以你在懷疑老闆。」

「懷疑發現屍體的人是原則，然後我發現兩件奇怪的事。」

「什麼事？」

「第一，沒有人知道丸本和繪里交往的事，但大家都知道丸本和江崎洋子在一起。」

「可能因為他們交往的時間還很短的關係？」

香子喝了一大口啤酒。她剛才在吃義大利料理時，就很想喝啤酒。

「可以這麼認為，但我還是覺得有點問題。另一件事是關於丸本的老家，他是名古屋人。」

香子差一點把啤酒噴出來。「又是名古屋？」

「沒錯，又是名古屋。」

芝田舉起啤酒，露齒一笑。

「繪里是名古屋人，丸本也是名古屋人，我認為絕對不是巧合，其中必有蹊蹺。」

「有什麼蹊蹺？」

「這還不知道，所以要去調查看看。」他喝了口啤酒，「我明天休假，要去名古屋，打算去繪里的老家。」

「繪里的老家喔……」

香子突然想起高見的事。他很在意繪里的事，對繪里的老家在名古屋一事也很有興趣。

「你聽我說，」她說：「我也一起去。」

芝田把啤酒噴出來，「妳為什麼要去？」

「我去又沒關係，我沒能參加繪里的葬禮，至少要上炷香，而且有我在的話，她的家人應該比較願意開口。」

「又要蹺班嗎？」

「這件事不必擔心，明天剛好沒有工作。那就一言為定。」

「真是夠了。」芝田苦笑起來，「好吧，反正有女生相陪的旅行比較開心。」

香子蹺著二郎腿，托腮呵呵笑了。

「你真老實，我欣賞你。」

「謝謝。」他說。

這天晚上，香子做了惡夢。她夢見自己被拉進很深的黑暗中，她在黑暗中又聽到了那個啜泣聲。

4

隔天早晨，香子和芝田七點就在東京車站搭上新幹線。雖然他們買了自由席的車票，還是有空位可以坐在一起。新幹線一發車，她就睡著了。她昨晚一整晚都沒睡好。

當她醒來時，剛好看到窗外的富士山。今天是晴天，藍色天空下的富士山美得刺眼。

芝田閉著眼睛聽隨身聽，腳打著節拍，顯然並沒有睡著。他可能聽到香子窸窸窣窣的動靜，緩緩睜開眼睛。

「妳還可以再睡一下。」

「你在聽什麼？」

「提芬妮的歌。」

「我也想聽。」

芝田把耳機拿下，為香子戴上。

他從上衣內側口袋拿出小型記事本。那並不是警察證。他翻開的那一頁上畫了什麼，仔細一看，是皇后飯店房間的示意圖和門鍊的圖。

下了新幹線，走出驗票口時剛好九點。走出驗票口，就看到一幅巨大的壁畫，許多人站在壁畫前等人。

「接下來要怎麼辦？」香子問。

「我們要搭地鐵，去名叫一社的車站。」

地鐵車站有點遠，而且很擁擠。香子覺得無論哪裡的地鐵都一樣。

走出一社車站，芝田拿了一張小型地圖往北走。香子問他，這裡到底是哪裡，他回答說是名東區。她雖然點頭，但即使聽了地名，還是完全不知道自己所在的位置。

繪里的老家離一社車站有點遠。馬路旁就是停車場，停車場後方才是店面。右側是書報攤，左側是一家咖啡店。

香子和芝田走進店內，正在顧店的繪里父親顯得很高興。他一頭白髮，看起來很和善，還去後面叫繪里的母親出來。

香子和芝田自我介紹後，聽到香子是繪里的同事，夫妻兩人很開心，但得知芝田是刑警顯得有些緊張。芝田一再強調今天是私人行程。

他們跟著繪里的父母來到佛壇前，為繪里上香。繪里的父母不停地打聽繪里的情況。她的生活怎麼樣？有沒有什麼煩惱？他們似乎也想不透繪里自殺的原因。

「繪里是從這裡的短大英文系畢業，對嗎？」

芝田問，繪里父母點點頭。

「她畢業之後做什麼工作？」

「她在補習班當英文老師。」繪里的母親回答，「一直到三年前。」

「她為什麼決定去東京？」

他們夫婦聽了芝田的問題，互看一眼，有些不知所措。香子覺得他們明顯有點慌亂。

「這個嘛，」繪里的父親偏著頭說：「年輕女生都會想去東京看看吧。」

「原來是這樣。」

香子和芝田對望。芝田向她使了一個眼色。

「我可以看一下繪里的房間嗎？」

香子問。

「沒問題，沒問題。」繪里的母親站起身。

繪里的房間在二樓，面朝南方，差不多三坪大，放著書桌和衣櫃，應該還維持她學生時代的樣子。

「不久之前，她回家的時候還很有精神，為什麼會發生那種事？」

繪里的母親似乎悲從中來，擦拭著眼角。

香子看著貼在牆壁上的海報和書桌上的書。芝田翻開了相簿。

樓下傳來叫聲，繪里的母親下了樓。芝田立刻把相簿遞到香子面前說：「妳看一下這個。」相簿中的繪里比香子所認識的繪里稍微年輕一點，化妝的方式不太一樣，也比較胖。

「好可愛，害我又想哭了。」

「妳可以哭，但先看看這些，不是有很不自然的細長形照片嗎？這是事後修剪過的。」

聽芝田這麼說，香子發現好幾張照片都有修剪的痕跡。

「妳看最近的這一頁，每張照片上都只有繪里一個人，正確地說，是除了繪里以外的人都被剪掉，而且切口都還很新。」

「這是怎麼回事？」

「那還用問嗎？原本是她和男朋友的合影，但她的父母不希望她的男友留下來，於是就剪下來丟掉。」

「他們討厭繪里的男朋友嗎？」

「不知道，有可能。」

樓梯上響起腳步聲，芝田把相簿放回書架。繪里的母親說：「茶準備好了。」於是，他們一起下樓。

他們喝了茶，聊了一些無關痛癢的話題之後就決定告辭。這時，繪里的哥哥規之外出送貨剛好回來。規之個子很高，鬍子很濃，笑的時候看起來很親切。

規之說要送他們到名古屋車站，香子和芝田決定接受他的好意。他的車子是速霸陸休旅車，規之笑著說，這輛車也可以用來送貨。芝田坐在副駕駛座上，香子坐在後車座。

「我爸媽是不是很高興？他們很關心繪里在東京過著怎樣的生活。」

規之說。

「但他們並沒有告訴我們，繪里為什麼去了東京。」

芝田明確說道，規之立刻陷入沉默。

「和繪里的男朋友有關嗎？」

規之停頓一下後問：「你為什麼這麼認為？」

「因為剛才看過相簿，發現繪里的男朋友全都被剪掉了。」

規之用鼻子哼了聲。

「我之前就告訴他們，不要做這種無聊的事，因為別人看了反而會覺得奇怪，但我爸媽似乎無法忍受那個男人的照片還留在那裡……」

「可以請你告訴我們是怎麼回事嗎？」

芝田看著規之的側臉問。規之默默握著方向盤，過了一會兒才說：

「那個人是未來的畫家，真不知道那個人有什麼好，反正繪里迷上他，說要和他結婚。但我爸媽都反對。」

「那個人怎麼了？」

規之再度陷入沉默。這次的沉默持續很久，但芝田和香子都發揮耐心等待他開口。最後他說：「那個人死了。」

「啊？」芝田和香子同時驚叫起來。

「他死了。」規之說：「繪里很受打擊……因為想忘記他才去東京——原諒我只能說到這裡，我沒辦法再多說什麼。」

「他是怎麼死的？生病嗎？」

芝田問，但規之真的沒有再回答。

下了規之的車後，芝田走向計程車招呼站。

「要去哪裡？」

「跟我來就知道了。」

芝田一坐上計程車就對司機說：「你知道鶴舞公園的進步補習班在哪裡嗎？」司機問他，是不是在車站北側的那家補習班，芝田說，應該是。

「那裡就是繪里之前工作的地方嗎？」香子問。

「她的書桌上有進步補習班的墊板，我猜想她以前應該就在這家補習班上班。」

「不愧是刑警。」

香子感到很佩服。

計程車在車流量很大的路上停下。道路兩旁都是大樓，其中一棟大樓掛著「進步補習班」的大招牌。

補習班大樓內靜悄悄的，讓人不敢大聲呼吸。進門右側是玻璃牆隔起的辦公室，後方是教室，目前正在上課。

芝田在向事務員打聽時，香子拿起簡介開始看。這個補習班有分小學班、中學班、高中班和重考班，上課內容似乎很嚴格。繪里能夠在這裡當講師，代表她的英文能力很強。只要英文好，姿色端麗，馬上就可以成為公關。

芝田走回來。

「和繪里很熟的人正在上課，三十分鐘後才下課，我們等她一下。」

「那我們去散步，」香子提議，「我想去鶴舞公園走一走。」

「去公園之前，先吃午餐。馬路對面有一家寬扁麵的店。」

「你看得真仔細。」

「今天一直被妳稱讚啊。」

那家店外觀仿造傳統日式，門口有水車在轉動。因為還不到午餐時間，所以店內沒有太多客人。他們在四人座的餐桌前面對面坐下，分別點了寬扁麵和寬扁麵定食。定食多了一碗什錦炊飯。

「你覺得怎麼樣？」香子問。

「什麼怎麼樣？」

「就是繪里男朋友的事，規之剛才說的內容，無法解釋繪里的父母為什麼那麼討厭她的男朋友，而且不肯透露她男朋友的死因，你不覺得很奇怪嗎？」

「的確很奇怪。」

芝田拿著牙籤，在桌子上寫字。

「會不會生了什麼奇怪的病？」香子說了臨時想到的可能性。

「什麼奇怪的病？」芝田抬起頭。

「你怎麼可以要女生說出口。」香子拿起茶杯。茶很好喝。

「應該不是病死。如果是這樣，只要說病故就好，而且可以隨便編一種疾病出來。」

「有道理——我問你，警方沒有調查繪里在這裡的情況嗎？」

「沒有仔細調查，目前這起案子的偵查重點在她和丸本之間的關係，對她以前在名古屋的生活並沒有太大興趣。」

香子猜想，警方認為繪里是自殺，應該更不打算調查了。

「喔，終於，我已經快餓昏了。」

芝田看著送上來的寬扁麵定食，眉開眼笑地說。

回到進步補習班，在會客室見到了名叫富井順子的講師。順子年約三十歲左右，看起來不太像講師，更像是溫和的家庭主婦。她已經得知繪里的死訊，據說是愛知縣警的刑警告訴她的。

「他們問我最近有沒有和牧村見過面，我回答說，自從她離開補習班後，我們都沒有見面，也沒有聯絡。」

「事實就是這樣吧？」芝田問。

「對。」順子語氣堅定地回答，聲音很響亮。

「我們想要打聽牧村男朋友的事，她之前在這裡時，不是有男朋友嗎？」

順子低頭猶豫著，眨眨眼。

「那個人以後想當畫家，」芝田說：「但聽說她父母反對。」

順子終於抬起雙眼說：「我不太瞭解詳細情況，但的確聽說她在和這樣的人交往。」

「他叫什麼名字？」

順子猶豫一下說：「好像是姓伊瀨（I-se）……」

「伊勢（I-se）？伊勢志摩的伊勢嗎？」

「不是，是伊勢的伊，瀨戶的瀨。」

伊瀨。芝田用手指在桌子上寫著這個姓氏。

「聽說他死了？」

「嗯……」順子點頭，然後看著芝田。「請問……你不記得了嗎？當時報紙用很大的篇幅報導……」

「報紙？」芝田驚訝地問：「那個人做了什麼？」

順子用力深呼吸後，看看芝田，又看看香子。

「他自殺了，還留下遺書說，他殺了人……」

「殺人？」芝田問完之後「啊」了一聲。

「沒錯，」富井順子說：「就是高見不動產董事長被殺一案，這個伊瀨就是凶手。」

第四章　建立共同戰線

1

和芝田一起去名古屋的隔天，香子來到赤坂皇后飯店工作。這家飯店和之前發生命案的銀座皇后飯店屬於同一個集團的連鎖飯店。

那天晚上是某超市老闆六十大壽的生日派對，聽起來應該是沒什麼搞頭的派對。

「主辦人要求董事長周圍隨時要有幾位公關。」

香子和其他人在休息室待命時，負責業務的眼鏡男米澤對著眾人說道。

「其他就每個人負責一桌，雖然後方有幾張空桌，但那些都是普通的員工，最多只是股長而已，所以不需要公關相陪。即使他們的杯子空了，也不必為他們倒酒。如果有年輕員工來搭訕，請馬上告訴江崎小姐。今天一樣請各位好好加油——」

這場派對有大約兩百個人參加，但只有二十名公關，而且其中有幾個人還必須陪在那個長得像鬥牛犬的董事長身旁，因此香子和其他人都必須同時為十幾個人服務。所有參加派對的人都是四十多歲的中年男子，有些人會不懷好意來搭訕。遇到這種情況，必須面帶笑容，巧妙地敷衍過去。

不時有些年輕員工來到香子和其他人身旁，通常都是問一些無聊的問題。有不少人乍看之下還算英俊帥氣，可能他們對自己的長相頗有自信，以為只要不經意地攀談幾句，公關就會被他們吸引。
每次有年輕員工來搭訕，江崎洋子就會走過來，確認那些年輕員工是否在騷擾她們。這些年輕員工在派對上的表現應該會向他們的公司報告，成為這些年輕員工在公司外品行評定的參考。上班族真是太辛苦了。
沒有人真的糾纏她，因此香子如實告訴江崎洋子。即使真的有人來搭訕，她也不想做這種好像告密的事。更何況香子對這些低收入的上班族根本沒有興趣，只是隨便敷衍。她現在滿腦子都想著高見俊介。
但是——香子停下正在把料理裝盤的手陷入沉思。俊介真的和繪里的死沒有關係嗎？
她想起昨天在名古屋聽說的事。
牧村繪里三年前住在名古屋，她的男朋友是名叫伊瀨耕一的年輕畫家，沒想到伊瀨殺了人後也自殺了。
繪里是在那之後來到東京，很可能是為了擺脫那起事件對她造成的打擊。
問題在於伊瀨殺害的對象，竟然是高見不動產當時的董事長高見雄太郎。高見不動產的總公司在東京，但雄太郎的老家在名古屋。
香子對高見雄太郎被殺一事幾乎一無所知，但芝田似乎略知一二，在回程的新幹線上，獨自思考著，即使香子問他，他也只是心不在焉地回應。

今天早上，她去美容院做頭髮時順便去了中野圖書館，調查三年前的事件。她翻了龐大分量的報紙縮印版後，終於瞭解以下的情況。

三年前的秋天，有人發現一輛黑色賓士被棄置在愛知縣愛知郡長久手町的馬路旁。調查車號後，發現是日前失蹤的高見不動產董事長高見雄太郎的座車，警方在附近展開搜索，在離車子兩百公尺的草叢內，發現雄太郎的屍體。屍體穿著深灰色西裝，有打鬥的痕跡。推測死亡時間是在前一天晚上十點到十二點左右，死因是扼殺。當他倒在地上時，有人從正面掐死他。

除了皮夾不見以外，沒有發現其他貴重物品失竊。他的勞力士錶，和賓士車的鑰匙，以及放在賓士車內的名牌精品打火機都未被拿走。皮夾中應該有二十萬左右的現金，和兩張信用卡。

愛知縣警立刻展開偵查，可惜無法找到目擊證人。因為現場周圍是山和農田，幾乎沒有民宅。雖然有很多車輛經過，但很少有人會走路經過，而且案發的時間很晚。

隨著偵查工作進行，發現許多匪夷所思的事證。首先是高見雄太郎的行動。沒有人知道他為什麼在案發當天晚上會去那裡，按照他的行程表，根本不需要經過長久手町。

高見雄太郎是不是約了人在現場見面——辦案人員這麼推測，卻完全不知道他可能和誰見面，相關人員都說不知道。

案情可能會陷入膠著——當時的報導透露出這樣的訊息。

沒想到兩天後，案情急轉直下，順利破案。住在千種區公寓內的一名年輕男子上吊自殺，那個男人就是殺害高見雄太郎的凶手。男人名叫伊瀨耕一，留下遺書，遺書中坦承自己殺了高見雄太郎，但完全沒有提及犯案的動機等詳細的說明。在他的房間內發現了高見雄太郎的皮夾，裡面的東西都還在。

愛知縣警展開蒐證後，確認伊瀨的確是凶手。案發當天晚上，他向租車行租了車，行車距離和往返命案現場的距離一致，而且他當天晚上沒有不在場證明。

但是，直到最後，都始終無法瞭解一件事。那就是伊瀨和高見雄太郎到底有什麼關係，警方無論如何都查不出他們之間的交集，最後猜想是手頭拮据的伊瀨想到租車搶劫，剛好選中雄太郎。這樣的結論當然令人難以信服。

「妳在發什麼呆？」

香子聽到有人在耳邊說話，猛然回過神。她發現江崎洋子以可怕的表情瞪著她。

「怎麼了？妳不好好做事，我會很傷腦筋。」

香子縮著脖子。

「對不起，我在想事情……」

說完，她走向客人聚集的餐桌。這種時候要趕快溜走。

但是，香子在為客人倒啤酒時，又不禁陷入沉思。她真的很在意這件事。

——問題在於，這一切到底是不是巧合。

香子正在思考繪里的死和高見俊介。繪里以前的男友是殺害高見雄太郎的凶手，俊介是高見不動產的專務董事。他們的姓氏相同，應該有血緣關係。也許他是高見雄太郎的兒子，而且俊介剛好在繪里遇害的現場——

香子認為很難說是巧合。芝田顯然認為其中一定有什麼關係。最好的證明，就是他昨天的態度突然變得很冷淡。

——如果不是巧合……

俊介可能是基於什麼意圖而接近自己。香子思考著。

2

高見不動產的總部位在銀座五丁目。香子作為公關上班時，芝田坐在高見不動產總公司對面的咖啡店內，等待高見俊介。他白天的時候和高見俊介約好見面時間。原本以為高見俊介很忙，能夠在公司的會客室聊十分鐘就該慶幸了，沒想到高見主動提出，如果晚上方便的話，可以慢慢聊。芝田對此感到很意外。

——三十多歲就成為不動產公司的專務董事。

芝田抬頭看著聳立在夜空中的高樓，無力地嘆氣。俊介是高見不動產目前的董事長高見康司的兒子，康司是雄太郎的弟弟。雖然可以說俊介是天生好命，但芝田在大致調查俊介的學歷和資歷之後，覺得他的確具備菁英的資質。

——難怪她會對他著迷。

芝田想起小田香子臉上令人聯想到貓的無辜表情。昨天回程的新幹線上，她似乎很關心高見俊介和這起事件的關係。既然牧村繪里是殺害高見雄太郎凶手的女友，她當然會很在意。芝田也同樣在意，所以今天晚上才會來和高見俊介見面。

只不過芝田向上司報告這些情況後，上司的反應並不如預期。上司首先抱怨他利用休假擅自行動，說什麼應該在採取行動之前請示上司，偵查工作必須是團隊行動。如果真的請示，絕對會遭到否決——但芝田並沒有把這句話說出口。

組長起初對牧村繪里的男友就是殺害高見雄太郎的伊瀨耕一這件事沒有太大的興趣，他說這只是巧合而已。高見不動產這幾年成長很迅速，積極參加各種活動。即使高見專務董事參加那場派對也很正常。更何況牧村繪里就是自殺，絕對沒錯。

但是，芝田堅持己見，說他打算調查高見俊介。如果調查之後，沒有找到任何線索，就會放棄。組長皺著眉頭說，真拿他沒辦法，但不會派人支援他，還說小心不要調查過頭被人投訴。我知道——芝田很有精神地回答。

七點整，一個身穿深綠色西裝的男人走進來。他巡視店內，看到芝田的衣服後，有些緊張地過來。芝田穿著茶色人字紋的粗呢上衣，這是他們約定好的。

他們在自我介紹的空檔時，服務生來到桌邊。高見點了一杯卡布奇諾，芝田又續了一杯可可。

「請問找我有什麼事？我看報紙，說那個女生是自殺？」

高見以試探的眼神看著芝田。芝田在電話中告訴他，想請教他關於公關死亡的問題。

「不是什麼重要的事，只是向你確認幾件事。認為她是自殺的見解並沒有改變，至少目前是這樣。」

「目前？」

高見一臉驚訝，芝田沒有理會他，繼續問道：

「請問那天是你第幾次參加『華屋』的派對？」

「第三次。」高見回答，「第一次是去年春天，第二次是秋天，然後就是這一次。」

「原來是這樣，你和『華屋』是工作上的來往嗎？」

「他們開橫濱分店時，我曾經幫了一點忙，之後就開始來往。」

服務生送上卡布奇諾和可可，他們暫停交談了一會兒。

「關於自殺的公關小姐，」芝田喝一口可可後抬頭，「你在派對時有沒有和她聊過天？」

「沒有。」

原本正在喝咖啡的高見抬頭，然後輕輕搖頭。

芝田猜想他應該沒有說謊。香子曾經告訴芝田，高見和繪里並沒有接觸。因為香子在派對時一直注意高見的舉動。

「我可以請教一個問題嗎？」

高見問，芝田默默點頭。

「你為什麼來找我？雖說是相關人員，但我只是參加派對而已，和她之間的關係微乎其微。」

他的語氣中略帶嘲諷，但並沒特別不高興。

芝田打算試探他一下。

「我們正在調查牧村繪里的自殺動機，發現一件奇怪的事。她以前的男朋友竟然是伊瀨耕一。你應該知道伊瀨耕一吧？」

「不知道，」高見微微偏著頭，「他是歌手或是藝人嗎？」

他在演戲。芝田憑直覺這麼認為。高見明明知道，但故意裝糊塗。

「你不記得嗎？伊瀨耕一就是殺害高見雄太郎的凶手。」

高見故作驚訝地張著嘴，重重點了幾次頭。

「原來是他，我記得。沒錯，的確叫伊瀨什麼的。那位小姐是他的女朋友嗎？」

「都是以前的事了，所以我們猜想，她會不會在派對上接近你，看來並沒有這回事。」

「對，並沒有。」高見語氣堅定地回答後，好像自言自語般地說：「原來是這樣啊，是她啊，真是太巧了。」他輪廓很深的臉露出凝重的表情。芝田覺得他的確比自己帥多了，感覺有點理解香子的心情。

「請問那起案件發生時，你人在哪裡？」

「那起案件？你是說我伯父被殺的時候嗎？」

「是。」

「當然在這裡。」高見回答後問：「我伯父的案子和那位公關的自殺有什麼關係嗎？」

「還不清楚，」芝田說：「我們只是確認一下，刑警的工作就是對所有的事都要調查確認。」

「原來是這樣。」

高見拿起杯子，喝了剩下的卡布奇諾。芝田看到他喝完後問：

「聽說牧村繪里自殺時，你還在飯店內？」

「我在大廳和客戶談生意。」高見放下杯子時說：「需要對方的聯絡方式嗎？」

「如果方便的話。」

芝田說完，高見從西裝內側口袋拿出一個像卡片式計算機的東西，用力按下按鍵後，液晶面板上出現文字。他把文字轉向芝田的方向。上面是姓名和聯絡方式。那似乎是最近流行的電子通訊錄。

「真方便啊。」芝田在稱讚的同時，把姓名和聯絡方式抄在自己的記事本上。「可以記錄數百、數千筆資料吧？」

「是啊，但實際上用不到那麼多。」

高見確認芝田已經抄完後，把電子通訊錄放回口袋。「還有其他問題嗎？」

「不，這樣就行了，謝謝你。」

芝田鞠躬，拿起帳單準備站起來，但高見阻止他。「啊，等一下。警方已經認定她是自殺了嗎？你剛才說，目前這麼認為。」

高見眼神嚴肅。芝田有點心虛地移開視線，但隨即再度看著他，聳肩說：

「我剛才說了……目前認為是自殺，如果有新的事證出現，當然就另當別論。」

「這樣啊……」

高見望向窗外——但只能看到高見不動產的大樓——瞥了一眼，然後把帳單從芝田手上搶過來。「我來。」

「不，但是……」

芝田的話還沒說完，高見已經邁開步伐。芝田看著他寬闊的背影，說聲「那就謝謝了」。

3

工作結束後，香子和其他人回到休息室。米澤在那裡等著她們。

他開著電視，正在看動畫。

「辛苦了。」

米澤對回到休息室的公關說。

「米哥，你真輕鬆啊。」淺岡綾子斜眼看著電視，「我們在應付那些老頭子的時候，你可以躺在這裡看哆啦A夢。」

「妳別這麼說嘛，一個人在這裡等也很無聊啊。」

米澤嘟著嘴說完，關掉電視。

「不用關啊，獨樂樂不如眾樂樂。」

綾子又打開電視。

米澤無奈地抓著頭問：

「真野由加利和角野文江在嗎？」

在房間角落的兩個女生舉起手。香子認識角野文江，但沒看過另一個女生。

「辛苦了。」

米澤把信封交給她們。她們是自由接案的公關，和香子她們這些正職的公關不同，都是當天就領取報酬。

香子在梳頭髮，江崎洋子在她旁邊補妝。米澤走到洋子身旁問：

「那個真野怎麼樣？」

香子聽到米澤小聲地問。

「還不錯啊。」洋子仍然看著粉餅盒回答，「動作很俐落，應對自如，應該可以用。」

「是嗎？聽說她之前在皇家，大概沒什麼問題。」

米澤點頭表示同意，轉身離開。

她之前在皇家？

這句話引起香子的注意。繪里之前也在皇家。

香子看真野由加利整理好東西離開休息室，便跟著走出去。高挑的由加利精神抖擻地走在前面，繫在腰上的漆皮皮帶更襯托出她的完美身材。

香子叫住她，由加利顯得有點疑惑。

「妳認識牧村繪里嗎？」

香子劈頭問道，由加利警戒地繃緊身體問：「妳是？」

「我叫香子，小田香子。」

「啊……」由加利表情稍微緩和了些，「原來是妳，我聽繪里提過妳。」

「妳果然和繪里是……」

「我們是朋友，應該是最好的朋友。」

太巧了。香子心想。她是最適合打聽繪里過去的對象。

「我們要不要找個地方喝咖啡？我有事想請教。」香子說。

由加利撥撥長髮說：

「好啊，但妳也要回答我的問題。」

「妳的問題？」

「那還用問嗎？當然是關於繪里的事。」

由加利說完，嫵媚地對香子擠眉弄眼。

附近剛好有一家由加利熟識的店，於是她們決定去那家店聊天。那家店位在大樓的地下室，有一道像倉庫一樣的門，但裡面很寬敞，左側是一座彎曲的長吧檯。香子和由加利坐在角落的桌子旁。

由加利對看起來像是老闆的男人說了幾句話後交代，「我們要談秘密，你不要過來。」

「好了……」由加利喝了一口兌水酒，蹺起修長的腿。「妳想問什麼？」

「嗯，」香子抬眼看著她細長的臉，覺得她的妝化得很美，暗自決定要偷學起來。

「妳和繪里認識多久了？」

由加利從皮包裡拿出香菸，深深吸了一口說：

「從她來東京之後，我們就認識了。我們是一起進入皇家的。」

「妳最近有和她見面嗎？」

由加利的指尖夾著香菸，脖子微微傾斜。香菸的煙微妙地飄動起來。

「差不多兩三個星期前。」

「她當時有沒有和妳說什麼？」

「妳為什麼問這個問題？」

「為什麼……」

香子結巴起來，由加利似乎發現了什麼開心的事，呵呵笑了。

「所以妳也難以接受。」

「接受？」

「就是繪里自殺的事，難道不是嗎？」

香子不知道該怎麼回答。因為她沒有想到由加利會這麼直截了當發問。她從由加利剛才的態度發現，她來接班比公關公司的工作應該不是巧合。

「怎麼可能接受？」

由加利把抽到一半的菸在菸灰缸裡捺熄，臉上的表情突然變得嚴肅起來。「她不可能自殺。」

「我問妳，」香子探出身體，然後迅速掃視周圍一眼，確認沒有人在偷聽她們說話。「妳該不會是想要調查繪里自殺的事才來班比？」

由加利再度露齒一笑。

「沒錯，沒想到第一天就遇到妳，真是太幸運了。妳是不是對她的死有疑問才來找我，對不對？」

「嗯嗯。」香子點點頭。

「既然這樣，那我們就要合作。妳為什麼認為她不是自殺？」

「這……只是這麼覺得，應該是直覺吧。」

其實香子最初對繪里自殺並沒有產生懷疑。因為受到芝田的影響，而且擔心高見俊介可能和這件事有關，所以才想調查繪里的事。只不過即使現在實話實說，可能只會讓事情變得更複雜。

「直覺嗎？我的直覺同樣認為有問題，但除此以外，有些事無論怎麼想都不太對勁。妳們公司的老闆是不是姓丸本？我雖然不知道他是怎樣的男人，但繪里根本不可能愛上這種人，更何況現在都什麼年代了，怎麼可能還有女人會因為失戀而自殺？」

由加利可能有點激動，所以越說越大聲。坐在吧檯前的兩三個客人轉頭看過來，她縮起脖子，伸手拿起兌水酒。

「妳知道繪里前男友的事嗎？」

她壓低聲音問道。

「前男友……妳是說那個姓伊瀨的人嗎？」

香子猶豫不決，不知道該不該說，但最後還是說出口。由加利聽了，滿意地用力點點頭。

「既然她告訴妳這件事，就代表我可以信任妳。繪里只會把這件事告訴很信賴的人，她在東京的朋友中，應該只有妳和我知道伊瀨的事。」

「這樣啊。」香子不禁移開視線，然後輕輕咳了一下。畢竟並不是繪里親口告訴香子的，但她決定隱瞞這一點。

「繪里來到東京之後，也一直在想伊瀨的事，思考他為什麼會犯下那起案子，然後說總有一天要查明真相。這次的事情發生後，我突然恍然大悟，她辭去皇家，跑去班比上班，會不會就是為了這個目的。」

「我們公司有什麼問題嗎？」

香子驚訝地問。

「雖然我無法斷言，但我有這樣的感覺。她對皇家並沒有太大的不滿，沒想到突然辭職，讓我很意外。」

由加利又拿出一支菸，然後問香子：「妳要嗎？」香子下意識地伸出手，由加利用打火機為她點火。香子覺得好像很久沒抽菸了，然後才想起自己正在戒菸。

「總之，她和妳們的老闆有一腿這件事太奇怪了。」由加利說：「雖然她並不至於不再交男朋友，但她一直對伊瀨的案子耿耿於懷。我們最後一次見面時，她還有提到那件事。」

丸本說，他和繪里從一個月前開始交往，但由加利最後一次見到繪里是在兩三個星期前。她在和丸本交往的同時，仍然惦記著伊瀨的事的確有點奇怪。

「妳有沒有把這件事告訴警察？」

香子問。她記得之前聽芝田說，警方去向繪里所有的朋友問話。

沒想到由加利很乾脆地說：

「我沒有告訴他們。繪里很討厭警察，我也很討厭。我們都不相信警察，而且伊瀨的案子已經結案，他們不可能再重啟調查，所以我決定自己來。」

「這樣啊——但是警察已經知道繪里以前是伊瀨的女朋友。」

「真的嗎？那一定是在繪里的老家那裡問到的。」

「可能吧。」

香子無法說，自己也一起去了名古屋。

「繪里如果有寫日記的習慣就好了。」香子說。

「我也這麼想，我和繪里的爸媽一起整理她的房間，完全沒有發現任何可能成為線索的東西。她應該在調查伊瀨犯下的那起案子，但沒留下蛛絲馬跡。」

「但聽說找到裝氰化鉀的瓶子。」

香子說了從芝田那裡得知的情況。

「對對，好像是這樣。警方認為這就是她自殺的證據，我就無法反駁了。」

由加利皺皺眉頭後，以佩服的眼神看著香子說：

「妳好像很瞭解警察的動向？」

「因為我有認識的人。」香子含糊地說。

「是嗎？太厲害了。」

由加利露出期待的眼神看著香子後，搖搖加冰的杯子。「繪里的父母說，只要我喜歡的東西，都可以拿走，所以我就接收她所有的CD和錄音帶。現在每天晚上聽這些成為我的樂趣。想像她聽著什麼音樂，在思考什麼事也很有趣。」

由加利用輕鬆的口吻說著這些，完全沒有絲毫的感傷。香子不禁有點羨慕她，覺得她們是真正的好朋友。

「總之，我們的目的一致，那就來建立共同陣線。」

由加利舉起杯子，香子拿起杯子和她碰了一下。

香子和由加利道別後，快十一點才回到高圓寺。她們聊得太投入了。

由加利很懷疑丸本。「我覺得繪里不可能愛上那種男人，如果她接近丸本，一定有什麼目的，所以我一樣打算這麼做——」由加利意味深長地說。雖然她並沒有說打算用什麼手段，但聽她的語氣，似乎很有自信。

由加利告訴香子很多事，但香子直到最後，都沒有提高見俊介的事，也不好意思提到他參加了那天的派對。

香子一路上想著這些事，回到公寓附近。當她經過一旁的公園時，不經意地轉頭一看，立刻停下腳步。她在公園內看到熟悉的臉。

芝田鬆開領帶，伸直雙腿盪著鞦韆。公園內只有他一個人，月光將他的影子灑落在地上，香子踩在他的影子上，站在他面前。

「你看起來無精打采，怎麼了嗎？」

芝田緩緩抬起頭，打招呼。「嗨！」

「你好像很沒精神啊。」

香子在旁邊的鞦韆上坐下，「哇，我已經有很多年沒有盪鞦韆了，太開心了。你記不記得好像有一首盪鞦韆的歌？」

「我不知道，妳好像心情特別好，遇到什麼好事了嗎？」

「沒有啊，只是找回童心。」

香子不顧自己穿著迷你裙，用力盪起來。晚風吹在酒後稍微發燙的臉頰上很舒服。她玩了一會兒後問芝田：「有沒有什麼新發現？」

「哪方面？」

「當然是關於繪里的事啊。」

芝田彎起原本伸直的雙腿，盪了兩三次鞦韆。生鏽的鐵鍊發出吱吱咯咯的聲音。

「我去見了妳的白馬王子。」他說：「也提到了高見雄太郎遭到殺害的事件，但他裝糊塗，假裝已經忘了伊瀨耕一。」

「搞不好他真的忘記了。」

香子不禁為俊介辯護。

「他在裝糊塗，」芝田語氣堅定地說：「怎麼可能忘了殺害前董事長凶手的名字？我認為他裝糊塗這件事反而很可疑。」

「你在懷疑高見先生嗎？」

「的確會特別留意他。」

「但他根本沒有動機啊，高見先生為什麼要殺繪里？」

香子追問道，但芝田沒有回答她的問題。

「不過，他並沒有殺繪里，這件事可以確定。」他說。

「什麼意思？」香子問。

「我確認過他的不在場證明。繪里死亡的時間，他正在飯店大廳和人談生意。我向對方詢問過了，的確是事實。」

香子記得當時的事。

「對啊，對方是不是像狸貓一樣的矮老頭？在那個老頭來之前，我和他在一起。」

芝田瞥了香子的臉一眼，然後低頭看著自己的腳。

「至少知道他不可能直接下手。」

「你的說法好像有什麼言外之意。」

「我不認為他和這起事件完全無關——不過僅此而已，不可能憑我的直覺為已經解決的案件翻案。」

他說案件已經解決，似乎是指警方認定繪里的死是自殺。

「你調查過我們老闆了嗎？」

丸本和繪里的老家都在名古屋，因此他們昨天一起去了名古屋，但最後並沒有找到繪里和丸本的交集。當然，這是由於發現繪里的前男友是伊瀨耕一，便根本無暇進一步調查丸本和繪里的事。

「目前正在調查，但沒抱太大的期待。」

「是喔，所以你才這麼無精打采。」

「嗯，大概吧。只要能夠多少掌握一點線索，我就可以振作起來。」

「沒辦法，那就聽聽我這邊的消息吧。」

香子在說話時故意將視線從芝田身上移開。

「消息？」香子可以感受到芝田露出銳利的目光。

「我今天見到一個很有趣的女生。」

香子把真野由加利的事告訴芝田。由加利同樣對繪里的死存疑，以及繪里想知道伊瀨犯案的真相，很可能是為了這個目的才進入班比公關。芝田似乎很有興趣，雙眼發亮。

「繪里基於某種目的跳槽的事很有趣。」

「對不對？由加利認為，丸本老闆絕對脫不了干係，她說會設法接近丸本，揪住他的狐狸尾巴。」

「她比妳更任性妄為啊。」

芝田苦笑。

「我和她相比，簡直差太遠了。如果把這些情況向你上司報告，會不會重啟調查？」

芝田微微閉上眼睛，輕輕搖頭。

「不行，這只是那個叫由加利的女生一廂情願的推理，並不是證詞，上面的人不可能因為這樣就行動。」

「這樣啊，」香子嘟著嘴，「還真是麻煩。」

「那當然啊，」芝田說：「公家機關嘛。」

芝田從鞦韆上跳下，拍拍褲腳說：「走吧。」香子也站了起來。

「那個叫由加利的女生，」回到公寓，在香子的家門口道別時，芝田眼神嚴肅地說：

「妳要提醒她，務必要小心謹慎。她自行推理當然沒有危險，但如果要深入虎穴，可能就會有危險。」

「我會轉告她。」

香子點點頭。其實她也有相同的擔心。

「另外，下次有機會介紹我們認識一下，我想好好跟她聊聊。」

「好啊，我來和她聯絡。」

「另外，」芝田摸摸人中，「她應該很漂亮吧？」

「很漂亮啊，和我不分勝負。」

香子向他使了一個眼色。

「真期待啊，那就拜託了。」

「我會盡早安排。」

「那就晚安嘍。」

「晚安。」

香子說完，走進自己的房間。

4

三天後的中午過後——

芝田來到『華屋』有限公司總部一樓的櫃檯。『華屋』總部在銀座中央大道上，馬路對面就是『華屋』的銀座店。

芝田按照櫃檯小姐的指示，坐在大廳等待。大廳有二十張左右的桌子，其中一半坐了人。桌子上都有號碼。櫃檯小姐請他坐在十號桌。

五分鐘後，他等的人就出現了。這個矮小的男人姓室井，年紀雖輕，但職位是『華屋』的公關課長。他看起來只比芝田稍微年長幾歲。在雙方打招呼後，芝田立刻進入了正題。

「我就不客套了，聽說之前『華屋』舉辦的感恩派對都是由室井先生負責安排？」芝田直接進入正題。

「是啊，但是……」

室井的眼神不安地飄忽。

「雖說是由我安排，但其實只是按照慣例處理相關事務。因為公司舉辦感恩派對已經很多年了。」

芝田可以明顯感受到他相當警戒。自從芝田在電話中說，目前正在偵辦派對當天死去的公關一事，想要向他瞭解一些情況，他就一直用這種語氣說話。
「公關的事也是由你負責安排？」
「沒錯，但實際是由我的下屬負責聯絡。」
「委託給班比公關一事你應該知道吧？」
「是啊……有什麼問題嗎？」
室井目光變得更加不安，芝田沒有理會他的問題。
「為什麼會找班比公關？市面上不是有很多公關派遣公司嗎？」
芝田抬眼看著眼前這個矮小的公關課長。
「我剛才說過，」室井舔舔嘴唇，「這只是因循前例，之前都是找班比公關，這次也繼續找他們，就這麼簡單。」
芝田在記事本封面上彈一下手指，室井嚇了一跳，坐直身體。
「冒昧請教一下，你擔任目前的職位多久了？」
室井露出真心覺得這個問題很失禮的表情後回答說：「三年。」聲音聽起來相當不快。
「這就奇怪了。」
芝田緩緩翻開記事本，看看其中一頁，又看著室井。「『華屋』從多年前就開始舉辦感恩派對，但以前都是委託『東都派對服務公司』，如果是因循前例，照理說現在仍然應該找那家公司，否則就太奇怪了，但是從一年半前開始，突然改成班比公關，請問這是怎麼回事？」

室井原本不悅的臉上發生變化，似乎很驚訝他連這都調查得如此清楚。芝田不禁在內心說，這是我的工作。

芝田在調查丸本過去的時候，對『華屋』和班比公關的關係產生疑問。

芝田調查了丸本的經歷。丸本從東京的大學畢業之後，在東方飯店的宴會課工作了七年左右，之後辭去工作，和朋友一起開了人力派遣公司，只不過生意並不理想，四年前，因為資金周轉不靈倒閉。一年半前，他又創立專門派遣公關的班比公關，以東方飯店的人脈為中心，逐漸拓展業務，目前已經成為中堅等級的公關派遣公司。

芝田對兩件事產生好奇。第一件事，就是丸本在人力派遣公司倒閉之後，到目前開這家公司期間，曾經回到名古屋。聽說他在老家開的咖啡店幫忙，但高見雄太郎命案就發生在那段期間。

另一件值得好奇的事，就是班比公關公司的發展為什麼會如此順利？市面上有許多公關派遣公司，而且有些飯店已和特定公司簽了約，新公司要成功打入派對業界並不是一件容易的事，但班比的業績順利成長。雖然應該和丸本之前任職的東方飯店的人脈有關，但真的只是這樣嗎？

於是，芝田就前往繪里事件發生的銀座皇后飯店，之前曾經見過的總經理戶倉接待了他。

據戶倉說，該飯店是在『華屋』舉辦派對之後，開始和班比合作，因為『華屋』方面指定要找班比，而且那次派對的評價很不錯，所以皇后飯店集團有時候會找他們。

只不過戶倉並不知道『華屋』為什麼會指定要找班比。

「到底是怎麼回事？」

芝田繼續追問。室井吐了一口氣，然後無奈地垂下眉，看著芝田。

「請你不要透露是我說的。」

「那當然，我不會說。」

芝田的膝蓋向前挪了挪，室井微微低下雙眼，然後又抬起頭說：

「其實我們也不太清楚，是上面指示說要委託班比公關的。」

「……請問是怎麼回事？」

「我真的不清楚，反正就是業務命令。」

「上面是指？」芝田問。

室井迅速打量周圍，很小聲地叮嚀。「真的千萬不能說是我講的。」

芝田用力點頭，「我保證。」

「是佐竹部長。」室井說。

「佐竹先生？他為什麼……」

「我不知道，可能班比公關曾找他幫忙吧。」

室井可能察覺到失言，故意輕咳一下。

「佐竹部長今天在公司嗎？」

室井聽到芝田這麼問，眼神驚慌。

「你現在要去見部長嗎？」

芝田完全瞭解室井害怕的心情。

「你不必擔心，和你見面的事我會保密。」

「那就好……但我猜想你今天應該沒辦法馬上見到他，因為他很忙，隨時都和常董一起行動。」

「常董是？」

「就是西原常董，董事長的三公子。」

室井說完之後，似乎又覺得自己太多話，連忙緊閉上嘴。

芝田向室井道別後，去櫃檯詢問是否能夠見到佐竹部長。長頭髮的櫃檯小姐不知道打電話去了哪裡，最後告訴他，佐竹部長今天很忙，沒有時間見客。芝田也決定放棄。

「佐竹部長是怎樣的人？」

芝田一派輕鬆地問櫃檯的小姐。她顯得有點不知所措，但還是笑著回答說：

「有點可怕。」

「年紀呢？」

「四十歲左右。」

「應該很能幹吧？」

她笑著聳聳肩說：「應該是這樣，但我不太清楚。」然後反問芝田：「怎麼了嗎？」

看來她和普通的女生一樣，好奇心很強烈。

「沒事。」芝田回答，「有時候毫無關係的人也需要打聽，這是我們的工作。」

「真辛苦啊。」

「真想和妳交換啊。」

芝田道謝後，走出『華屋』總公司。

——佐竹部長……

他會盯上『華屋』，還有另一個理由。如果說，丸本和高見雄太郎命案有什麼關係，一定和高見俊介也有關係。

而這兩人都和『華屋』有交集。

——事情好像越來越複雜。

芝田邁開步伐，內心產生不祥的預感。

這天傍晚，芝田和同事直井一起前往新宿。他們和香子有約，香子會帶真野由加利一起來。

芝田向課長報告了由加利的事，課長指示他去瞭解一下情況。即使白費力氣，也是一種學習——芝田的組長這麼說。

直井雖然已經有妻兒，但年紀和芝田差不多。雖然他身上的衣服不是名牌，卻很有型。課長可能考慮到今天見面的對象，所以選了他，可惜他個子不高，而且最近肚子越來越大。

在約定的咖啡店內等了五分鐘左右，香子她們走進來。香子說得沒錯，由加利很漂亮，而且身材高挑，不像是日本人，迷你裙下的長腿很美。

「今天來對了。」坐在芝田身旁的直井小聲說道。

「那你要感謝我。」芝田笑著回答。

簡單的自我介紹後，由加利直爽地說：

「其實我不喜歡警察。」她一雙充滿異國風情的眼睛露出挑釁眼神，「但是香子說，芝田先生很值得信賴，我才決定和你們見面，再說我覺得這是為了繪里。」

「謝謝。」芝田有點靦腆。

「普通的刑警不行啦。」香子也在一旁插嘴，「大家都不想做事，但他不一樣，只有他相信繪里並不是自殺。」

直井聽了她的話，不禁苦笑說：「雖然我討厭工作，但做事不會馬虎。」

「但警方還是認定繪里是自殺。」

「因為根據各種證據，不得不做出這樣的判斷。妳不是已經聽芝田說過嗎？像是毒藥的來源，還有房間的門鎖住了。」

直井好像在安撫小孩子般說道，但香子和由加利仍然不罷休。

「那一定有詭計。」香子說。

「對啊，沒錯，一定有詭計。」由加利說。

「你們的工作不就是識破這種詭計嗎？」

「真傷腦筋啊。」直井看到兩個女生瞪著他，抓著頭說。「簡直就像是來挨罵的。」

這時，服務生剛好走過來，他們點了兩杯咖啡、青蘋果汽水和肉桂茶。芝田利用這個空檔，問由加利：

「那可不可以請妳說一下大致的情況？」

由加利喝了一口肉桂茶，眨了兩次眼睛後開口。

她說的內容和之前從香子口中得知的情況幾乎相同。繪里正在針對伊瀨耕一犯下的案子展開調查，她可能是基於這個目的，才去班比公關公司。只不過她的推論並沒有什麼根據。

最重要的是，她首先強調繪里不可能愛丸本，更不可能為那個男人自殺。

芝田聽她說完後問：

「妳有沒有掌握什麼證據？」

由加利垂下雙眼，然後又抬起頭後搖了搖。

「這樣啊，那妳接下來有什麼打算？」

她聳聳肩，輕輕閉上眼睛，再次搖頭。

「不知道，接下來會想想。」

「希望妳最好不要輕舉妄動，畢竟這是我們的工作。」

「好啊，如果你們願意偵查，那當然再好不過了。」

由加利說完，輕輕一笑。

芝田和直井向香子、由加利道別後，一起回警視廳。在電車上問了直井的感想，直井微微偏著頭說：

「我能夠理解她說的情況，只不過根據太薄弱，就算只有一個證據也會好辦很多。」

「她們的想法都是出自直覺，但不能小看她們的嗅覺。」

芝田覺得至少比什麼刑警嗅覺這種蠢東西可靠。

「但是，以當時的狀況，無論怎麼想都是自殺，她說和高見雄太郎的事件有關，會不會太跳躍了？」

芝田沒有回答，看向電車外的景象。事實上他也有這種跳躍的想法。

「課長聽了之後，應該不知道該怎麼處理吧。」

直井自言自語地說。

第五章　有重要的事要討論

1

事件發生至今已經過了十一天。

香子這天提早出門，走在銀座的街頭。今天又要去上次那家銀座皇后飯店工作，自從那天之後，她就沒再去過那裡。

和那天一樣，香子在『華屋』銀座店前停下腳步。除了上班之前，她每次來銀座時，都會來看一下這家店，但只是在門外的櫥窗前張望一下。

有了，有了。她在嘴裡小聲嘀咕。

這一天，她看上的是搭配鑽石的十八K金祖母綠項鍊，沒有雜質的綠色寶石鑲成半圓形。價格是——一千九百五十萬圓。沒想到這麼便宜。她今天對價格的感覺和之前完全不同。

當她輕輕嘆氣，依依不捨地離開櫥窗前時，有什麼東西擋住她的去路。

「果然是妳啊。」

香子聽到一個熟悉的聲音，她緩緩抬起頭，剛好和對方四目相對。

「啊喲啊喲。」她不知道該說什麼。遇到這個人沒什麼好高興的。

「我們不是在上次的派對上見過嗎？就是我啊，妳應該記得我吧？」

「嗯，是啊……」

香子勉強擠出笑容。

他是『華屋』董事長的第三個兒子西原健三。他和上次一樣，穿著白色西裝，而且臉還是很大，眼睛、鼻子卻很小，鼻頭冒著油，看起來很噁心。

「你記性真好。」

香子語帶諷刺地說。誰要你記得我——

「當然啊，妳別看我這樣，我很擅長記女生的長相。」

他一臉得意地說。香子腦海中浮現「阿斗」這兩個字。

「而且妳的髮型很有特色，原來妳平時也梳這種髮型。」

「啊？」

香子不禁摸自己的頭。因為等一下要去工作，所以盤著晚宴頭，將一頭長髮在頭頂盤成丸子狀。這是她出門後，特地去美容院做的頭髮。像她這樣正職的公關，有工作的日子一定要去美容院，而且都要自己花錢。

「那是因為我等一下要去工作，平時不會梳這種髮型，就是普通的長髮。」

香子不禁抗議。

「啊？喔，原來是這樣，難怪我覺得很有趣。」

健三哈哈大笑起來。豬八戒，到底在想什麼啊。香子感到很無趣。

「妳現在還有一點時間吧，要不要去喝咖啡？」
他還是老樣子，馬上就開口相約。香子原本想要拒絕，但立刻想到一個好主意。
「我沒有時間喝咖啡，所以才會在這裡看珠寶打發時間。雖然我很想進去裡面看看，但你們不歡迎客人只看不買吧？」
她瞥了『華屋』店內一眼。她一直希望有機會進去看看。
健三果然上鉤。
「小事一樁。好，那我帶妳參觀。」
健三拍著胸脯說。
「真的嗎？好開心啊。」香子故意歡呼起來。廢物還是有可以利用的地方。
當他們走進店內，站在門口旁的女店員一臉緊張地鞠躬。她就是上次那個狗眼看人低的狐狸臉店員，平時總是一副盛氣凌人的樣子，今天因為健三在的關係，她的氣勢全沒了。香子覺得大快人心。
整間店就像是一個巨大的珠寶盒。
地上鋪著胭脂色的地毯，上面有好幾個展示櫃，仔細一看，展示櫃邊緣都有裝飾，櫃內是光和色彩的世界。一走進店內，她立刻被戒指展示櫃吸引。藍寶石、紅寶石、貓眼石，還有黑蛋白石、亞歷山大石和星彩藍寶石，當然還有鑽石。
「妳知道什麼是寶石嗎？」

健三站在香子身旁問。

「就是指漂亮的石頭吧？」

「除了漂亮，還必須堅硬，除此以外，還有另一個重要的要素。」

「是什麼？」

「那還用問嗎？當然是稀有。」

健三說得很大聲，有幾個客人和店員都看著他，但他絲毫不以為意。

「即使再漂亮，如果到處都有，也賣不出去，這樣就無法成為寶石，就像是人造寶石，有時候甚至比天然的更漂亮，但大家還是想要天然寶石。理由很簡單，因為人造寶石無法滿足虛榮心。」

中央略靠後方有一座像吧檯般的展示櫃，展示櫃前放著看起來很舒服的椅子，一對上了年紀的夫妻正坐在椅子上，那位太太扭轉身體看過來。

「我們的感恩派對就是反向利用這種心理。」

健三走向珍珠展示櫃時說：「妳朋友那件事，之後就沒在報紙上看到後續消息了，現在是什麼狀況？妳知道嗎？」

「不知道。」香子偏著頭說：「聽說是自殺。」

「我也聽說是這樣，妳好像和她很熟，我猜妳忙壞了吧？」

「嗯，是啊……」

「我就知道，如果有什麼困難，儘管來找我。」

健三說完，遞了一張名片給香子。名片上鄭重其事地印著『華屋股份有限公司　常務董事　西原健三』，周圍還框上金線，左上角有金色的『華屋』標誌，品味差到極點，充分代表了健三這個人。

「對了，機會難得，我送一個禮物給妳。」

健三拍一下手，好像突然想到什麼好主意。

「啊？這……不用了。」

「妳不必客氣。妳幾月生日？」

「三月。」

香子說完之後，才發現自己不該這麼說。

「三月嗎？真是好季節，是為春天來訪感到喜悅的季節。」

健三說著這種蠢話，走向展示櫃前，果然不出所料，他在珊瑚前停下腳步。

「珊瑚是三月的誕生石，是象徵沉著、勇敢和聰明的寶石，真是完全適合妳。」

他找來站在一旁的店員，指示她把紅珊瑚的胸針包起來。

「不，這太……不好意思了。」

香子婉拒著，她知道健三會說沒關係，但她更後悔剛才說出了真正的生日月分。早知道應該說是四月或是五月。因為四月是鑽石，五月是祖母綠。

香子接過用漂亮的緞帶綁起的胸針盒，再度表現出誠惶誠恐的樣子。

「小事一樁，對了，下次妳要陪我吃飯。」

健三露齒笑了起來，香子擠出親切的笑容，但在心裡吐舌頭。

香子說，上班時間快到了，然後走出『華屋』。健三再三追問，香子留了姓名和電話給他。反正他只要一打聽就可以問到她的資料，而且拿了他的胸針有點手短。

「我會再和妳聯絡，一言為定。」

香子聽著健三的聲音，快步走到街上。

她在五點十分來到銀座皇后飯店。今天明明提早出門，沒想到又快遲到了。她的腦海中浮現米澤皺眉的樣子。

今天的休息室在二〇五號房。一走進休息室，米澤看到她的臉，一臉擔心地說：

「原來是小田，妳終於來了，我還在擔心妳怎麼還沒來。」

「有什麼好擔心的，雖然我常常晚到，但從來沒有真的遲到過。」

香子抱怨著走進休息室，淺岡綾子走到她身旁小聲地說：

「並不是只有妳而已。」

「什麼並不是只有我而已？」

「還有一個人沒來，而且江崎也才剛到而已。」

「領班？」

香子向江崎洋子的方向偷瞄一眼，洋子若無其事地在補妝。她很少在即將開始工作之前才匆匆趕到。

「還有誰沒來？」

綾子搖頭。

「我不知道，聽說是自由接案的，以後恐怕接不到工作了。」

「自由接案的？」

不祥的預感掠過香子的心頭。

2

那天晚上，當香子下班回到家之後，才發現自己不祥的預感成真。

她看到隔壁的芝田已經回家了，雖然很想向他打聽偵辦的進度，但還是先回到自己家。

她每天回到家的第一件事，就是瀨口和看答錄機是否有留言。她發現自己出門時，有人打電話來。於是她聽了答錄機的語音留言。

「妳好，是我。」電話中傳來快活的聲音。

啊！香子嘀咕一聲。這個聲音很熟悉。是真野由加利。

「我是真野由加利。」聲音的主人說道，「我有重要的事要和妳討論，今天晚上下班之後的時間留給我，拜託了。」

說完，她就掛上電話。

——重要的事？今晚？

香子不由得倒吸一口氣，心跳加速。她在通訊錄中找到前幾天才抄下的由加利電話，拿起電話，不顧一切按了按鍵。

鈴聲響了兩三次，但沒有人接起電話。

香子慌忙衝出家門，用力敲隔壁的門。

「發生什麼事？」

芝田一臉睡意出現在門縫中。

「出事了，你馬上和我一起去由加利家。」

「由加利？就是上次見面的那個女生？她怎麼了？」

「不知道，但好像出事了。」

「妳等一下，到底是怎麼回事？」

「我會在路上告訴你，你趕快去換衣服。」

芝田可能察覺到香子的態度很不尋常，沒有多問，說聲「我知道了」，就走回房間。

五分鐘後，芝田就換好衣服出來。

他們一起前往由加利的公寓。由加利住在北新宿一棟米色四層樓的公寓，公寓內都是套房，馬路對面是小學的操場。

由加利住在四樓最角落的房間。

她死在房間內。

3

室內一片凌亂。

房間並不大，差不多三坪左右，一進門的左側是流理台，對面是壁櫥，右側是系統式衛浴，窗邊放了一張床，床的周圍是架子。架子上放著電視、錄影機、CD音響，架子內放滿了化妝品。

「麻雀雖小，五臟俱全啊。」

芝田的上司松谷警部打量室內後，語帶佩服地說。芝田也覺得由加利在收納方面下了不少工夫，只不過現在亂成一團。

地上鋪著木紋地毯，現在地上堆滿東西，幾乎看不到了。衣服、內衣褲、雜誌、書信、錄音帶、報紙等原本應該收納在房間內某個地方的所有東西，都好像被颱風掃過般掉了滿地，根本連站立的位置都沒有。

房間的主人真野由加利仰躺在窗邊的床上，已經斷氣。

明顯是他殺。目前認為是扼殺。雖然她身上的衣服凌亂，但沒有被性侵的痕跡。

「你們昨天和被害人見了面吧？」

松谷語氣沉重地問。

「嗯。」芝田點點頭。他昨天已經報告了相關情況。

「她似乎對牧村繪里的自殺存疑。」

「沒錯。」

「但目前沒有掌握任何證據——昨天是這樣吧？」

「她昨天是這麼說的。」

芝田很謹慎地回答。因為由加利未必把所知的一切都告訴他們。

「所以……從昨天到今天，事態發生變化嗎？」

松谷感覺並不是在問芝田，而是在自言自語。

芝田沒有回答就離開，他問趴在地上的鑑識課員：

「有沒有發現毛髮？」

戴著金框眼鏡的鑑識課員盯著地面，搖頭說：

「目前沒有發現，看起來都像是被害人的頭髮。」

由加利是公關，所以留著長髮。

「指紋呢？」

「採集到幾枚指紋，但希望不大。凶手戴著手套，只有門把上留下被害人的指紋。」

「茶杯上有沒有指紋？」

「只有被害人的。」

「這樣啊。」

房間角落放著托盤，上面有兩個茶杯。今天似乎有訪客上門。

芝田直起腰時，直井走進來向松井報告：

「住在隔壁的女人記得今天有客人上門。她在三點左右聽到聲音。」

直井說，隔壁的女人今天外出前，聽到隔壁——也就是由加利家的門鈴聲。由加利打開了門，說了聲「午安」，隔壁的女人沒有聽到訪客的聲音，但確定客人進了由加利家。那時候差不多三點左右。剛剛去問話時，隔壁的女人才剛回家，因此不知道由加利的客人幾點離開。

「三點有訪客……如果是凶手，那被害人和凶手在七點之前做了什麼？」

松谷抱著雙臂陷入了沉思。目前推測由加利的死亡時間是在七點到八點間。

「應該不是只有聊天而已。」直井打量著室內，「還真是亂成一團啊。」

「嗯，凶手可能在找什麼。」

「到底在找什麼呢？」

「如果知道的話，就不必這麼累了。」

芝田和直井等一下要向香子瞭解情況。她目前在一樓的停車場等待，心情應該稍微平靜下來了。

香子對自己的大意感到懊惱，她覺得自己也許可以救由加利一命。這種想法讓她自責不已。

今天聽說有自由接案的公關無故曠職時，她就有點擔心。在工作結束後，得知是由加利時，內心的不安更加強烈。再加上由加利在答錄機留言，讓她覺得一定發生什麼事，因此不顧一切趕來。

如果最初感到不安時，就立刻聯絡芝田，或許就可以救由加利一命。這種想法讓香子的心情更加沮喪。

她在制服員警的陪同下，坐在警車上等待，芝田和直井上了車。她以為要去哪裡，結果發現並不是，而是他們要問問情況。

雖說是瞭解情況，但只是確認芝田已經知道的情況。是他去向房東借來鑰匙，而且也比香子更詳細瞭解發現屍體時的狀況。

「她幾點打電話給妳？」芝田問。

「是我去美容院之後，所以應該一點多，她猜想我還會回家，才會在答錄機留言。」

如果自己晚一點去美容院，或許就可以直接在電話中討論她說的要事。

「有沒有什麼她只告訴妳，但沒有告訴我們的事？」

芝田問，香子低著頭，搖頭。

「沒有，我知道的都告訴你了。」

「那妳用猜的也沒關係，」芝田事先聲明這句，「妳覺得凶手在找什麼？把她的房間翻得那麼亂，不是有點奇怪嗎？」

「我也覺得很奇怪，她根本還沒有找到任何線索。」

香子再度悲從中來，用雙手捂住了臉。芝田和直井沒有再問她問題。

4

隔天下午，芝田和直井前往班比公關位在赤坂的辦公室。和上次來的時候一樣，員工都忙碌不已，電話一直響個不停。也許有人打電話來問真野由加利死去的事。

看起來沒有人會理會他們，他們逕自沿著通道進去。丸本坐在窗邊的座位看報紙，一看到兩名刑警，便收起報紙起身。今天來這裡之前，曾經打電話聯絡丸本，說想要瞭解遇害的自由接案公關真野由加利相關事宜。

一走進用簾子隔開的會客室，丸本便說：

「太驚訝了，聽說遇害的女生是繪里的朋友。」

他表情凝重地皺著眉頭，但不知道他心裡在想什麼。

「你完全不認識真野由加利嗎？」芝田問。

「不認識。」五官平坦的丸本點點頭，「我和繪里才交往一個月，對她的交友關係幾乎一無所知。」

他曾經多次說過這句話，但無論聽多少次，芝田都覺得聽起來很假惺惺。

「你有沒有見過真野小姐？」

直井插嘴問。

「沒有。」丸本不加思索地回答。

「但她不是接貴公司的工作嗎？昨天也是，你應該曾經面試過她吧？」

丸本微微皺著眉頭，抓著下巴說：

「不，我沒有見過她本人。要不要用自由接案的公關都由專門的窗口負責，只要報告一聲，我同意就好。」

他的言下之意，是老闆不必做這種雜事。

「那在繪里的葬禮上呢？你沒有見到真野嗎？」

芝田猜想由加利應該參加了繪里的葬禮，於是這麼問，沒想到丸本的回答令人意外。

「我……沒有出席葬禮。」他說。

「沒有出席？為什麼？」

「因為我覺得沒有資格……我猜想她的父母看到我，心情會很差。我發了電報，送了奠儀，但他們都退回來了。」

丸本緊閉雙唇，表情充滿苦澀。芝田無法判斷是自然流露的表情，還是刻意裝出來的，只不過難以理解女友死了，卻不出席葬禮的心情。

「關於繪里自殺的事……」直井似乎故意放慢說話的速度，「有沒有人來詢問，或是問你相關的情況？」

直井猜想由加利可能用某種方式和丸本接觸，所以問了這個問題，但丸本同樣否認，他說完全沒有。

芝田和直井無可奈何，只能告辭。

窮追猛打只會造成反效果，但直井在站起來後，用順便的語氣問了丸本昨天中午到晚上的不在場證明。

「如果不問一下，上司會很囉嗦，我們沒辦法寫報告，希望你不要介意。」

「我不會介意，你們辛苦了。」

丸本在說話時，拿出記事本。上面似乎寫了行程表。「昨天四點之前都在公司，然後在街上逛逛，去了銀座，吃完飯，喝點酒就回家了。」

芝田問明他吃飯的餐廳和喝酒的店，然後記下。丸本說他不記得詳細的時間。直井說沒關係，他們會調查。

走出會客室後，芝田和直井見了負責公關人選的窗口。那個男人又瘦又矮，皮膚很白。

聽那個男人說，由加利是在繪里自殺的三天後來班比公關應徵。由加利直接來到公司，丸本當時並不在場。

「她之前在皇家公關，基本上不會有太大的問題。我們有好幾個自由接案的公關，在緊急的時候可以派上用場。最近有不少自由接案的公關，因為像是想要當歌手或演員的女生都要安排時間上課，如果成為正職公關，時間上就會受到限制。」

這個窗口很愛說話。

「對於之前有公關自殺的事，她有沒有提過什麼？」芝田問。

「嗯……」男人偏頭想了一下，「她好像說很辛苦之類的，但我沒有理會她。」

「這樣啊。」

芝田和直井道謝後離開。

松谷在新宿分局的搜查總部等待芝田和直井，想要瞭解他們和丸本見面之後的感想。直井簡單報告後，松谷神情複雜，他可能不知道該如何判斷。

接著決定立刻派人去確認丸本的不在場證明。

「關於由加利的男性關係，有沒有什麼發現？」

直井在報告結束後問。目前的偵辦方針分成兩條線，一條線就是認為這次的事件和牧村繪里的自殺有關，另一條線則是認為兩起案子各自獨立。如果兩者沒有關係，最有可能的就是由加利的男性關係引發殺機。從由加利的住家中找到寫有很多男人名字的通訊錄，還有不少看起來很可疑的名片。

「目前正在分頭調查，但她交友的範圍似乎很廣。有學生、上班族、撞球酒吧的經理、健身教練、攝影師、創意總監……簡直就是各行各業，其中還有圍棋老師。」

松谷看著記事本，一臉不悅地說。

「其中有沒有可能和牧村繪里自殺有關的人？」

芝田問。

「看起來並沒有，這些人看起來都是很普通的過客。」

松谷用食指敲著記事本。

芝田向松谷提出請求，希望去一趟名古屋。芝田認為繪里的死一定和三年前高見雄太郎被殺一案有關，他想重新調查一下。

「我剛才和課長討論過，原本就打算要派人去瞭解一下，但你千萬不要做出會刺激愛知縣警的事。在他們眼中，那起事件已經解決了，如果他們以為我們想要翻案，之後就很難找他們幫忙了。」

「我知道了。」

只要去名古屋，一定可以掌握某些線索——芝田有這樣的預感。

這天晚上，白天時四處查訪的刑警聚在一起，召開報告會議。

首先，解剖結果已經出爐。死因和推測的死亡時間都沒有大幅的變更，唯一值得一提的，就是由加利服用了安眠藥。留在現場的茶杯中，其中一個檢驗出微量的藥物。

其次是向住在真野由加利樓下的學生瞭解到的情況。該學生說，在五點左右聽到由加利房間有動靜，當時以為她在打掃。

至於由加利的男性關係，從結論來說，她最近沒有和任何一個男人見面。有兩個男人聯絡過她，但她說最近很忙，沒時間見面。

關於不在場證明，有的人有明確的不在場證明，有的人並沒有。光是曾經和她有過肉體關係的男人就有九個，其中有三個已經完全忘記由加利是誰。

說到不在場證明，丸本的不在場證明已經確認。他七點之後在銀座，有好幾名酒店小姐可以作證，應該不會有問題。因此可以排除丸本是兇手的可能性——

「還有一件令人有點在意的事，」負責調查由加利男性關係的一名刑警說話有點故弄玄虛，「有人曾經在案發的前一晚，接到真野由加利的電話，就是那個擔任創意總監的矯情男人。他說真野由加利問了他很奇怪的問題。」

「奇怪的問題？」

松谷在發問的同時，在一旁的芝田等人都探出身體。

「她在電話中問，不是有一家叫『華屋』的珠寶店嗎？那家公司的老闆是誰，那個男人回答說不知道……」

『華屋』？

芝田吞了下口水。

5

妳好，是我，真野由加利。我有重要的事要和妳討論，今天晚上下班之後的時間留給我，拜託了——

由加利的聲音一次又一次在香子的腦海中響起。雖然她們成為朋友的時間並不長，但她的心情很沉重，就像失去了重要的好朋友。

幸好還有能夠讓她稍微振作的事。她回到家後，接到高見俊介打來的電話。沒什麼重要的事，只是想問妳最近在忙什麼——聽他的語氣，似乎並不知道由加利的事，但今天晚報上有報導這件事。

「我買了芭蕾的票，想去看嗎？是後天的表演。不好意思，時間有點倉促。」

香子當然一口答應。雖然那天有工作，但只要找人代理，自己付對方薪水就好。她想利用這個機會消除鬱悶的心情。

「那我後天去接妳。」

俊介用平靜的聲音說完後，掛上電話。

——早知道應該買芭蕾的書回來。

香子首先想到這件事。

當時鐘指向十二點多時，香子洗完澡，正在獨自喝啤酒時，聽到了芝田回家的聲音。

不一會兒，就聽到門鈴聲。香子走去開門，看到芝田一臉疲憊地站在門外。

「有急事嗎？」

芝田甩著手上的紙問道。那張紙上寫著「來我家。香子」，香子剛才把這張紙投在他的信箱內。

「我猜想你應該累了，想請你喝杯茶。」

他笑著說謝謝，然後把手上的紙折好，放進褲子口袋。

芝田說他不想喝茶，想喝啤酒，香子把罐裝啤酒和杯子遞給他。他一口氣喝完第一杯，但他的臉色看起來不太好。

從芝田在喝啤酒時慢慢談到的內容中，知道了他臉色難看的原因。因為最可疑的丸本有不在場證明。

「但並不是沒有進展，『華屋』似乎和整件事有關。」

芝田告訴香子，由加利曾經向男性朋友打聽『華屋』董事長的事。

「和『華屋』有什麼關係？」

「不知道，但我之前就鎖定『華屋』了。」

芝田似乎對『華屋』在感恩派對時委託班比公關一事產生疑問，同時很在意『華屋』

的感恩派對可以將丸本和高見俊見連結這件事。

「我調查了『華屋』為什麼會找班比公關一事，原來是佐竹部長推薦班比，我也去和他見面了。」

「我知道這個姓佐竹的人。」香子想起派對時的情況說：「是不是一臉陰森，看起來像骷髏一樣的人？他是『華屋』三公子的輔佐人。」

「妳知道得真清楚，的確就是這樣。我問了佐竹，他說更換公關公司並沒有特別的用意，只是好像費用會比之前便宜，所以就換成班比。但這是假話，不可能因為這種理由讓堂堂部長出面指定某一家公關公司。」

「會不會是他收了賄賂？」

香子剛好想到，隨口問道。她認為企業內只要有什麼問題，一定和行賄脫不了干係。

「也許吧，但我總覺得和繪里的事情有關。」

「怎麼有關？」

「這我就不知道了，但知道由加利在調查『華屋』後，就更加確信這件事。」

芝田把啤酒空罐放在吧檯上，走去音響前，確認音響內的錄音帶後，按下開關。音響傳來了柴可夫斯基的《睡美人》。

「妳還在研究古典音樂嗎？」

他雙手扠腰，看著錄音帶轉動。

「不是單純的古典音樂，」香子說：「我在聽古典芭蕾音樂。」

「原來如此，妳的唐璜還是芭蕾舞迷嗎？」芝田一臉無趣地看著錄音帶盒上的目錄問，「要博取白馬王子的歡心很辛苦啊。」

「我也這麼想，你看看這些書。」

香子從豎在牆邊的紙袋中拿出三本書，放在芝田面前。三本都是她最近買的書，分別是古典芭蕾入門、如何欣賞芭蕾和芭蕾舞者的故事。這些都是意外的開支。

「也許我是多管閒事，」芝田翻著三本書，委婉地開口。「我覺得這種做法不太好，保持自然地交往就好了。」

「喔？為什麼？」

「為什麼……妳不覺得累嗎？」

「我一點都不覺得累啊，只要麻雀能夠變鳳凰，再怎麼累也沒關係。」

「是喔……」

「我的夢想是在國外有別墅，在歐洲買一座古堡，夏天的時候可以一直在那裡度假。城堡裡當然要有珠寶，要蒐集世界各地的珠寶，還要在『華屋』買很多首飾，這不就需要很多錢嗎？」

「嗯，是啊。」

芝田有點意興闌珊。

「所以，他是理想對象，他年紀還很輕，我想以後應該會賺更多錢。」

「是啊，但這麼說好像在潑妳冷水，他是高見雄太郎的姪子，未必和這次的事件無關。」

「但繪里的事，他不是有不在場證明嗎？」

「是沒錯啦……」芝田放下原本拿在手上把玩的錄音帶盒起身，「我該回去了，明天還要一早起床，音響要關嗎？」

「先開著吧，我要再研究一下芭蕾，我後天要和他一起去看《天鵝湖》。」

芝田不發一語走向玄關，香子向他道「晚安」，他頭也不回，只是舉起一隻手回應。

第六章　兩個男人的軌跡

1

由加利遇害後的第三天早晨，芝田坐在前往名古屋的新幹線上。直井和他同行。雖然買的是自由席的票，但兩個人順利地找到並排的座位。只不過和之前香子同行時不同，即使兩個大男人坐在一起也沒什麼好高興的，唯一的好處就是不會無聊。

東京一帶下著小雨，隨著新幹線一路往西，天空漸漸放晴，只不過還是無法看到富士山。

兩人輪流看著體育報和周刊雜誌，直井先看完，伸著懶腰，嘆了一口氣。

「真野男人關係那條線似乎沒戲唱了。」

直井鬆開領帶說道。調查由加利的男性關係後，沒有發現任何可疑的線索，而且今後似乎不太可能有什麼收穫。

「果然和牧村繪里有關嗎？由加利到底掌握了什麼？」

也許是因為曾經和由加利見過面，直井說話的語氣聽起來深有感慨。

「由加利曾經提到『華屋』，她是不是有什麼線索？」

芝田闔起體育報問道。

「聽說昨天有人去了『華屋』，問西原董事長有沒有聽過真野由加利，西原董事長毫不猶豫地否認說，沒聽過。」

「董事長是西原正夫吧？不知道他得知刑警上門，有什麼反應。」

「那還用問嗎？聽說他很不高興，搞不懂一個小女生自殺，為什麼把他也捲進去。雖然我們也想知道之間的關聯。」

「但我認為『華屋』應該並非完全和案子無關。因為牧村繪里是在『華屋』的感恩派對結束後不久死的，西原家的人當然都出席了那場派對。」

「家人嗎？對了，昨天晚上，隊長說了有趣的事。」

直井說話時，推車販售的勤務員剛好走過來，芝田買了兩杯咖啡和兩份三明治。

「什麼有趣的事？」

芝田小心翼翼地把奶球加進咖啡時問。

「就是『華屋』繼承人的問題，雖然目前西原正夫是董事長，長子昭一是副董事長，但下任董事長未必是昭一——這裡的咖啡很不錯嘛。」

直井稱讚著紙杯裡的咖啡。

「有其他候補人選嗎？」

「是啊，次子卓二可以一較高下，三男健三則是大冷門。總之，正夫的身體暫時還不會有什麼問題，所以似乎打算慢慢觀察。」

「他們三兄弟之間看來會展開激烈的競爭。」

「西原正夫似乎就喜歡玩這一套，但之前有一個人介入他們兄弟之爭，就是那個姓佐竹的男人。」

「我知道他。」

芝田記得那雙凹陷的眼睛和沒有表情的嘴角。那種人絕對不會流露自己的真心。

「他要和那三兄弟對抗嗎？」

「這種說法並不正確。聽說幾年前，健三被正夫逐出家門。雖然現在健三仍然是阿斗，但當時的情況更加嚴重，經常拿店裡的商品做人情，於是很有實力的佐竹就浮上了檯面。聽說他很擅長做外國人的生意，所以正夫原本說好今後把關西方面的業務都交給他。」

「但最後沒有談攏。」

芝田咬了一口火腿三明治。

「就是這麼一回事，因為又把健三找回來。雖然不知道詳細的情況，但正夫改變心意，然後就讓佐竹去輔佐健三，用這種無趣的安排擺平。」

「正夫為什麼會改變心意？」

「這就不知道了，說到底，即使只是個阿斗，但終究是自己的兒子。」

列車經過濱松，直井慌忙打開三明治。

雖然他們一直在聊『華屋』，但今天去名古屋和『華屋』完全沒有任何關係。他們要重新瞭解高見雄太郎命案的相關情況，以及丸本在名古屋期間的生活。最好能夠掌握繪里和由加利正在調查的事，但恐怕沒這麼順利。

他們在十一點抵達名古屋。

在名古屋車站搭上計程車後，前往位在中區的愛知縣縣警總部。名古屋城就在縣警總部的北側。

他們先去拜訪刑事部長，然後去了搜查一課，一個姓天野的刑警接待他們。天野一臉絡腮鬍，看起來像是做粗活的人。

「那起事件有點難說清楚。」天野翻著資料，一臉不快。「伊瀨耕一是凶手——這件事本身沒有問題，也有好幾個證據，問題在於他和高見雄太郎到底有什麼關係？完全沒有，完全找不到他們之間的交集。最後只能認為伊瀨想要搶劫，高見雄太郎剛好成為被害人。」

「伊瀨缺錢嗎？」芝田問。

「好像是，他想要成為畫家，但聽說那行很不容易，他的老家在岐阜，家境並不富裕，沒辦法在經濟上援助他。」

芝田之前曾經聽說，如果沒有金錢和人脈，就無法成為畫家。

他抄下伊瀨耕一老家的地址。

「伊瀨的性格怎麼樣？看起來像是會做這種事的人嗎？」

直井在一旁插嘴問。

「聽認識他的人說，他是很懦弱的人，根本不像會殺人，但有時候越是這種人，就越容易……」

「你說得對。」直井點點頭，「越是這種人越可怕。」

「高見的家人也說不認識伊瀨嗎？」芝田問。

「當然。」天野回答，「我們調查過他在生意上和私人的關係，但都沒有發現任何關聯，甚至猜想也許高見雄太郎對繪畫有興趣，因此認識伊瀨，不過仍然完全沒有人聽說這方面的事。伊瀨那傢伙既然寫了遺書自殺，就應該寫得更詳細。」

天野不滿地說。

「我們可以看一下遺書嗎？」芝田問。

「可以啊。」天野把檔案拿到他面前，上面貼著遺書的影本。

上面用工整的字寫了以下的內容。

愛知縣警：

我殺了高見雄太郎，請原諒我。

繪里：

能夠和妳一起聽披頭四很幸福。

伊瀨耕一

「這麼簡單啊。」

直井小聲嘀咕後問天野：「確定是伊瀨寫的？」

「我們做了筆跡鑑定，的確是他寫的。」

天野以有點嚴肅的表情回答，語氣似乎表示他們不可能犯這種低級錯誤。芝田也認為不可能。

天野又補充說：「伊瀨的自殺同樣沒有疑點，現在幾乎不可能把他殺偽裝成自縊。」

「聽說他是在自己的租屋處上吊？」芝田問。

「沒錯。」

「他是怎麼上吊的？」

「他的房間天花板附近有一個開關式的換氣口，他把繩子掛在那裡。發現者是住在公寓後方的家庭主婦，她去晾衣服時，隔著窗戶玻璃看到屍體掛在那裡，大聲尖叫起來。」

太可憐了。芝田不禁同情那位家庭主婦。

「你們當時見過牧村繪里吧？」直井問。

「見過，」天野點點頭，「聽說她日前在東京死了。」

「嗯嗯。她知道伊瀨犯案的事嗎？」

「看起來似乎不知道，我至今仍然記得她得知伊瀨自殺時慌亂的樣子……」

天野似乎想要表達，她看起來並不像是裝出來的。

「還有其他和伊瀨熟識的人嗎？」

「有一個他美術大學時的朋友，名叫中西，但這個姓中西的人和事件沒有關係。他在設計相關的公司工作，事件發生當天，他在公司熬夜加班，有證人。除了中西以外，就沒有其他和伊瀨有來往的人了。」

那家設計事務所就在名古屋車站附近，芝田已經向天野打聽聯絡方式，並記了下來。

「最後還是不知道高見雄太郎去現場的理由嗎？」

芝田問。

「不知道，但可以推測，伊瀨用某種手段把高見找出來……只不過完全無法證實。」

天野露出愁容。

「高見雄太郎的死對誰最有利？」

直井問了這個意味深長的問題，似乎在懷疑伊瀨犯案背後另有隱情。

「根據我們的調查，並沒有人能夠得利。」天野回答時的語氣格外謹慎，「雖然他的弟弟康司接手成為董事長，但很難說得到什麼好處，相反地，高見家因為那起事件失去了很多東西，他女兒的婚事也告吹了。」

「婚事？」芝田問道，「怎麼回事？」

「高見雄太郎的女兒原本婚事都已經談得差不多了，結果發生那起事件，後來就無暇處理婚事。」

「這樣啊……」

對高見家來說，這起事件真的就像是一場惡夢。

離開縣警總部之後，他們根據從天野那裡得知的電話號碼，打電話去設計事務所。剛好是中西接的電話，芝田問他，等一下是否可以見面。他聽到是從東京來的刑警，似乎有點驚訝，但還是同意見面。

「我知道伊瀨很缺錢，我們這些老同學中，很少有人當畫家，大部分都是在學校當老師，或是從事設計方面的工作。雖然我也這麼勸伊瀨，但他說他的性格不適合當上班族，所以一面打工畫人像畫，一面持續創作。」

中西在設計事務所內接待芝田和直井，辦公室中央有四張製圖檯，目前有兩個人在使用，其中一個是男人，另一個看起來像女大學生。製圖檯周圍很凌亂，在不遠處有簡單的沙發和茶几，他們在那裡談話。

中西雖然很高大，但有一張娃娃臉，看起來像是有點蒼老的學生。他有點發福，襯衫繃得很緊。

「所以你能夠理解他為什麼會犯案嗎？」芝田問。

「有一點，」中西說：「但還是很驚訝。」

芝田問了他是否知道伊瀨和高見雄太郎之間的關係，他說完全不知道。因為愛知縣警之前就已經問過他了，所以芝田原來就不抱有期待。

芝田提到繪里的名字。中西並不知道她已經死了，得知她在東京死了的消息，露出悲傷的眼神。

「你最後一次見到繪里是什麼時候？」

「她去東京之前，來向我道別。」

「她當時的樣子怎麼樣？有沒有提到伊瀨的案子？」

「我想想……」

中西看向牆壁的方向，那裡貼著玻璃工藝展的海報，但他並不是在看海報。

「我不太記得最後一次見面的情況，但只記得她那一陣子總是若有所思的樣子，看起來似乎不像受到打擊而陷入沮喪。」

之後，芝田又提到丸本和『華屋』，問他是不是知道。中西說，他知道『華屋』，但只是因為很有名的關係。

離開中西的事務所後，芝田和直井前往名古屋的地下街吃了咖哩飯。年輕的男女從店門前走過。

「名古屋還是太落後了。」

直井很快就吃完，一邊喝著水，看向馬路。「幾乎看不到迷你裙，在這個大家都穿緊身衣服的年代，這裡的人竟然還穿那種根本看不出身材的衣服，你看那個女生，那根本是昭和年代大姊頭穿的裙子。」

「你說得這麼大聲，小心會被人翻白眼，對了，接下來要去哪裡？」

「先去中村分局，然後再去繪里的老家。」

丸本在創立班比公關公司之前，曾經一度回到名古屋。之前請中村分局調查他在名古屋期間的情況。

「伊瀨的老家怎麼辦？」

「岐阜喔。」直井不耐煩，「太遠了。」

「等一下聯絡組長，請他下達指示。」

離開地下街後，他們一起前往中村分局。中村分局並不遠，走路就可以到。

「他四年前從東京回來這裡，在家裡幫忙了一陣子。他的母親在竹橋町開咖啡店，但不幸在半年後猝死，之後就由丸本獨自經營，聽說做得很辛苦。」

姓藤木的年輕刑警向他們詳細說明情況。

「他沒有其他家人嗎？」芝田問。

「沒有。他在兩年前收掉咖啡店，又去了東京。」

「他賣了咖啡店和住家嗎？」直井問。

「對，但好像拿來還債，手上並沒有剩多少錢。」

「有和那時候的丸本很熟的人嗎？」

「他以前那家咖啡店附近，有一家印刷廠，印刷廠的老闆是他高中同學。」

藤木說完，畫了簡單的地圖給他們。

芝田和直井道謝後走出中村分局，看著簡單的地圖走去印刷廠。距離不到一公里，在名叫黃金大道的寬敞道路旁，看到掛著『山本印刷』招牌的店。旁邊是一家小型信用合作社。

印刷廠的老闆姓山本，身材微胖，看起來像商人。他說清楚記得丸本的事。

「他那時候經營咖啡店，但一直說想要回東京重整旗鼓，後來終於下定決心去東京。聽說他現在開了一家公關派遣公司，太厲害了。」

芝田向山本打聽丸本在去東京之前的情況，山本抓著已經變得稀疏的腦袋說：「他總是說資金不足，還曾經向我借錢，說一百萬或是兩百萬都沒關係。我說開什麼玩笑，沒有答應，最後他好像賣了房子和咖啡店，籌到這筆錢。」

「丸本在這裡的人脈很廣嗎？」

「應該認識不少人吧。」

「請問你認識這兩個人嗎？」

芝田拿出兩張照片。那是牧村繪里和伊瀨耕一的照片。山本皺著眉頭打量片刻，隨即搖頭。

芝田抓著地鐵的吊環，站在他身旁的直井嘀咕道。他們正準備前往一社車站——繪里老家所在的地方。芝田已經做好心理準備，知道這次上門不會受到歡迎。

「我想到一件事。」

直井繼續說道：

「雖然我不知道兩者有沒有關係，但我們在追查兩個男人的軌跡。一個是伊瀨，另一個是丸本。目前雖然還沒有發現他們的交集，但他們有一個共同點，那就是兩個人都想要錢。雖然每個人都想要錢，我也想要錢，但他們對金錢的渴望和別人不一樣，他們都夢想可以開闢新的事業，所以需要一大筆錢。丸本成功了，伊瀨則因為殺人而身敗名裂。」

「兩個人的境遇完全相反，其中有什麼蹊蹺嗎？」

「不知道。如果有的話，一定和金錢有關，尤其是丸本。他還完債後剩下的錢，數目沒有多到可以創立公關公司。」

抵達一社之後，沿著之前來過的道路往北走。名古屋的車流量很大，不過道路很寬敞，步行者走在路上也很安心。

繪里的父親和她的哥哥規之在店裡，他們一看到芝田和直井，都顯得很緊張。繪里的母親似乎出門買東西了。

規之請父親照顧店裡，把兩名刑警帶去後方。

規之對他們已經知道伊瀨耕一的事並沒有太驚訝，他應該已經猜到了，但他為自己因為面子問題故意隱瞞這件事道歉。

當他得知繪里的好朋友遇害時很驚訝，芝田告訴他，因為這個原因，目前正在重新調查繪里的自殺事件。

「伊瀨死了之後，我從來沒有和繪里聊過那個案子，她也好像一直避談這件事。」

規之用沉重的語氣說起當時的事。

「繪里去東京時，有沒有說什麼？」

直井問。

「並沒有特別說什麼……我們還以為她想要忘記伊瀨的事。」

規之用手掌摸著冒出來的鬍碴。

芝田要求再看一次繪里的房間，規之欣然答應。

規之帶他們來到二樓那間三坪大的房間，房間內和上次來的時候一模一樣，但似乎經常打掃，房間內並沒有灰塵。

芝田和直井在徵求規之的同意後，開始檢查繪里的房間，希望能夠找到和伊瀨犯案有關的東西。

「芝田。」

正在檢查壁櫥的直井叫道，芝田走過去，規之也靠過來。

「這個看起來像是繪里。」

直井手上拿著一張差不多A2大小的畫。畫中的女人托腮微笑著，那的確就是繪里。

「還有其他的嗎？」

芝田探頭向壁櫥內張望。

「應該有不少。」

規之回答。他拉出一個扁平的紙箱，裡面有許多畫了畫的畫紙。除了繪里的肖像以外，還有幾張風景畫。芝田覺得的確畫得很棒，但可能內行人就會有不同的評價。

「還有人像畫。」

其中有十多張應該和本人很像的人像畫，其中並沒有繪里。直井嚴肅地看著每一張畫。芝田知道他的目的，因為其中可能有和事件有關的人物。

「這些人像畫可以借給我們嗎？」芝田問。

「可以啊，」規之回答，「其他的畫不需要嗎？」

「目前還不需要，但請好好保管。」直井說。

「那幅畫也是伊瀨的作品嗎？」

芝田指著掛在窗戶上方的一幅很小的畫。那是窗外看到的一片街景。

「那是伊瀨最後的畫。」規之說：「他自殺的時候，這幅畫放在畫架上，顏料都還沒有乾。那是從他的房間窗戶看出去的風景。」

「這樣啊……」

芝田再度抬頭看著那幅畫。原本以為既然是自殺前最後的畫，也許可以解讀到當時的心理，但並不是一幅令人眼睛為之一亮的畫。

「這幅畫也請好好保管。」直井說。

除了畫以外，並沒有其他東西吸引芝田和直井的注意，無法瞭解繪里在伊瀨死後，在這個房間內想些什麼。

「當時她整天都把自己關在房間內，一個人聽音樂，只有吃飯的時候才會看到她。」

「她那時候聽什麼音樂？」

芝田隨口問道。

「聽各種音樂，但大部分都是披頭四的歌，聽說伊瀨也很喜歡。」

「披頭四啊。」

芝田想起伊瀨的遺書。

繪里：

能夠和妳一起聽披頭四很幸福——

2

芝田和直井在名古屋的商務飯店辦理入住手續時，香子走進澀谷的NHK禮堂。座位在第十排幾乎正中央的位置，在大劇院觀眾席中屬於最好的座位。

距離開演還有一段時間，管弦樂團正在調音，幾個小孩子正在探頭張望。從那幾個小女生的髮型，就知道她們在上芭蕾課。

「第一次看芭蕾表演嗎？」

可能因為香子好奇地東張西望，高見俊介這麼問她。

「是的。」她據實以告，「但之前在電視上看過幾次。」她在說謊，她之前從來沒有看過古典芭蕾這麼優雅的節目。

「和電視不一樣，應該說完全不一樣。職棒也一樣，不是看現場就無法瞭解真正的樂趣。」

香子帶著尊敬的眼神點點頭。

不一會兒，高見向她提起由加利的事。場內的燈光即將暗下來時，他說那天打電話時還不知道，之後看報紙才得知。

「我看到發現者是妳，妳和她很熟嗎？」

「也沒有……只是認識而已，最近剛認識。」

「這樣啊。這一陣子連續發生不幸的事件。」

「就是啊。」

場內的燈光暗下來，管弦樂團開始演奏前奏曲。簾幕很快打開了，舞台上出現了像從繪本中走出來的舞者。

看完芭蕾後，高見邀香子一起吃晚餐。位在赤坂的這家法國餐廳內的日式裝潢令人聯想到大正時代，椅子和牆上的架子也都充滿裝飾藝術的味道。

「太棒了，《天鵝湖》看幾次都不會膩。」

高見喝著葡萄酒，滿足地說。香子也笑著回答。今天的芭蕾並沒有她原本擔心的那麼無聊，她覺得自己好像體會了芭蕾的奧妙。

「今天謝謝妳陪我，真是太感謝了。」

高見鄭重地說道，香子笑著搖頭。

「我很高興有這個機會。」

「聽妳這麼說，真是太好了……妳會不會很忙？」

「不會，沒事啊。」

「那就太好了。」

高見放下酒杯，指尖在桌子咚咚敲著。「妳朋友……是不是叫真野由加利？」

他似乎在說前幾天發生的事件。香子默默點點頭。

「我看報紙上說，似乎和妳另一個朋友自殺有關係？」

「對，但目前還不太確定。」

「這樣啊……」

高見皺起眉頭，看著斜下方，似乎在思考什麼。香子抬眼看著他的表情，叫了一聲：

「高見先生。」

「啊，是，怎麼了？」高見停頓一下，慌忙回答。

「你很關心這次的事嗎？」

高見有點心虛地問：「這次的事？」

「就是最近發生的很多事，像是繪里的死，還有由加利被殺的事件。」

香子目不轉睛地注視著高見的眼睛，他用力眨了幾下眼睛，移開視線，但又立刻看著她。

「為什麼這麼問？」

「因為，」香子嫣然一笑，「我可以感覺到你很在意，而且，嗯，想要從我這裡打聽消息。」

「……」

高見沉默不語。他可能不知道該怎麼回答。

香子今晚說這番話並不是一時衝動，因為她早就想好，有必要視情況打開天窗說亮話。他果然知道由加利已經死了，而且知道這次也和香子有關，所以才會約她見面。

「我知道繪里前男友的事。」

高見聽了香子的話，驚訝地微微張開嘴。她看著高見，繼續說道：

「而且我也知道她的前男友和你之間的關係，所以不需要有所隱瞞，只要你願意對我說實話，我會盡力協助你。」

香子改變策略。

之前認為只要見面，就可以找到機會，但現在認為如果高見想要利用自己，不如主動告訴他，自己欣然同意協助。高見有不在場證明，所以他並不是凶手。

短暫的沉默後，高見打破沉默。他淡淡地笑了，再度拿起酒杯，喝完剩下的酒，然後深深嘆了一口氣。

「妳真是太厲害了。」

「你願意告訴我嗎？」

他沒有立刻回答，在手上把玩著空酒杯。他手心的溫度讓杯子微微起霧。

「妳知道高見雄太郎是我的伯父嗎？」他終於開了口。

「我知道。」香子回答。

「我對伯父被殺一案有疑問。」

「你是說，伊瀨不是凶手嗎？」

「不，凶手應該就是他，但我認為那起事件還有其他隱情。」

「為什麼會這麼想呢？」

「這個嘛，」他的喉結動了一下，似乎把什麼吞下。「……還不能告訴妳，我也沒有告訴警察。我花了很多時間在這件事上。」

「這樣啊……」

雖然香子很好奇，但她認為不要苦苦追問比較好。

「好，那我就不問了，但如果你想知道什麼，隨時可以開口，我會知無不言。」

高見露出好像在看什麼耀眼東西的眼神說：

「妳真是出色的女性。」

「我們乾杯。」

香子說。高見舉起一隻手，找來了服務生。

3

芝田隔天早晨七點醒來。他設定了晨喚服務。

他掛上電話後，看向隔壁床。直井蜷縮著身體，背對著他，似乎還不打算起床。

芝田翻身下床後，走去盥洗室刷牙。他在鏡子中看到冒著鬍碴的臉，不知道是不是心理作用的關係，他覺得眼睛下方出現黑眼圈，換了不同的角度照鏡子。

今天要去岐阜。昨天和搜查總部聯絡後，接到了要去伊瀨老家的指示。

去伊瀨老家之後，還要再去愛知縣警總部一趟。搜查總部期待他們能夠帶成果回去，芝田當然很希望可以回應他們的期待。

——但這次恐怕會空手而回。雖然那些人像畫也算是成果，但不知道能夠發揮多少作用……

芝田在刮鬍子時思考著這些事。

走出盥洗室，直井仍然打著鼾。芝田拿著鑰匙走向門口，準備去買提神飲料。

他的目光停在門鍊上。

這裡的門鍊和銀座皇后飯店的構造大致相同。

芝田打開門，站在走廊上，摸著門鍊。門鍊可以輕易取下，但站在門外，無法扣上門鍊，必須將門完全關起來，才有辦法扣上門鍊，任何國家的門鍊都一樣。

芝田再度回到室內，在內側試了一下，結果還是一樣。

——門鍊的長度和底座的間隔是關鍵。門鍊的長度做得剛剛好，如果再稍微長一點，應該就可以從外側扣上……

想到這裡，他突然靈光一閃。他想到凶手說不定在門鍊的長度上動了手腳。

——不，不行。如果這麼做，只要事後一看就知道了。

他又走出房間，買了提神飲料回來。直井還在睡覺。芝田不由得佩服直井真能睡。

他喝著提神飲料，又站在門旁。既然門鍊的長度無法改變，還可以改變底座的間隔。但這麼做會更麻煩，而且會留下證據。

——等一下。

芝田拿著門鍊，然後又看著門。他發現自己忽略了一件重要的事。

對喔——他用力握住提神飲料的瓶子。

「直井，直井，你起來一下。」

他走到直井的床邊，掀開毛毯，搖著他的身體。直井呻吟著，想要鑽進毛毯。

「起床了，而且有一件更重要的事。」

「到底有什麼事？我不吃早餐，再讓我睡一下。」

「我有重要的事告訴你，」芝田在直井的耳邊說：「我解開了密室之謎。」

第七章　和你一起聽披頭四

1

和高見俊介去看芭蕾的隔天晚上，香子在下班後買了一大堆食材，在公寓的廚房內陷入苦戰。

「呃，什麼……把牛肝浸泡在鹽水中揉洗之後，沖洗數次嗎……」

香子看著食材和食譜嘀咕著。食譜也是今天剛買的。

「只是寫沖洗幾次很傷腦筋啊，也不寫清楚到底洗幾次。這是怎麼回事？已經洗了好幾次也洗不乾淨。」

她覺得差不多，就不再繼續洗了。

「剝去外層的薄皮——好，剝好了。切成一公分大小……未免太小了，大塊點才比較好吃啊。」

於是，她決定切成兩三公分的大小。食譜上寫著接下來的步驟是「稍微汆燙一下」。

「稍微是多長時間，我討厭這種憑感覺的寫法，要寫清楚一點，否則初學者怎麼看得懂。」

香子除了義大利麵和三明治以外，從來沒有做過像樣的料理，今天這樣邊嘀咕，邊努力學做菜是有原因的。因為她和高見俊介約好，下次要做飯給他吃。

雖然她覺得這樣的約定根本是自找麻煩，但她想要在他面前好好表現。真的是兩難。

好不容易做完了，但她沒什麼食慾。一方面是因為她中途嚐了好幾次味道，但最重要的是她精疲力竭，胃似乎罷工了。她拿了一罐啤酒坐在窗前當作開胃酒，看著下方的公園潤喉解渴。

她在腦海中回想起和高見的對話。

——為什麼不能告訴警察？

香子想起高見說的話。在高見雄太郎遇害的事件中，還隱藏著什麼秘密。聽高見的語氣，他應該知道那個秘密，但他說沒有告訴警察，當然也沒有告訴香子為什麼要隱瞞這件事。

「但是，請妳相信我，我和妳朋友的死毫無關係，也絕對不會騙妳。」

他以真摯的眼神看著香子。嗯，我相信你——香子也注視著他的雙眼，惺惺作態地說。

——只要事件能夠解決，那就皆大歡喜了。

香子大口喝著剩下的啤酒時，看到芝田從公園內走過來。他昨晚沒有回家，拎著一個大行李袋，可能出差了。

香子穿著圍裙走出房間，在通道上等芝田。芝田鬆開了領帶，邁著沉重的步伐走上樓梯，看到香子站在通道上有點驚訝。

「有人迎接我回家真是太開心了。」

芝田笑容帶著疲憊。

「我在窗前看到你回來。你餓了嗎？」

芝田看著手錶回答說：「六點吃了咖哩麵包後，就沒再吃東西。」現在已經十一點了。

「那你要不要吃我做的菜？我做太多了，有點傷腦筋。」

「所以才在這裡等我嗎？」

「我也想看看你，這是真的。」

「就姑且當作是真的吧。」

芝田拎著行李袋走進香子的房間，用力嗅聞著。「味道好重啊。」

「你要說很香。」

「雖然也包含了香味，但好像混雜著各種不同的味道——」

他看到廚房，說不出話。

「發生什麼事了？」

「沒發生什麼事，我在做菜。」

「簡直就像廚具和食物發生戰爭。」

芝田一臉茫然地打量著廚房。廚房內堆著剛才下廚時用的鍋子、平底鍋、菜刀、湯匙、量杯等，而且到處都是蔬菜屑、牛肝的皮和雞蛋殼，馬鈴薯的皮垂在流理台旁，在排氣扇帶來的微弱氣流中搖晃著。

「對不起，廚房有點亂。」

香子說完，關掉排氣扇的開關。

「不用這麼說，不過，」芝田看著餐桌上做好的菜，再度瞪大眼睛。「這些全都是妳做的嗎？」

「對啊，是不是很厲害？我說好下次要去他家做飯給他吃，所以今天先排練一下。」

「就是高見不動產的少東嗎？」芝田露出無力的表情，「原來我只是試吃員。」

「你不要這種表情，我從來沒有做過正式的料理，完全沒有自信。既然是朋友，就要幫我的忙啊，而且我有葡萄酒喔。」

香子從冰箱裡拿出一瓶冰過的葡萄酒，把開瓶器轉進軟木塞。「對了，你去哪裡出差？」

「名古屋。」芝田回答。在回答的同時拿起叉子，嚐了最前面的那道菜。那是肉片包絞肉、蔬菜和牛肝後蒸熟的料理，他吃了一口後問：

「這道菜叫什麼名字？」

「香子流日式凍肉捲。」香子回答後，把白葡萄酒倒進兩只葡萄酒杯。「去名古屋做什麼？」

「很多事要辦啊，像是瞭解高見雄太郎命案的詳細情況。」芝田邊說邊檢查著肉捲裡包的食材，「妳的牛肝是不是沒有充分去血水？」

「什麼去血水？」

「妳沒有用水洗嗎？」

「有啊，我在盆子裡裝水，洗了好幾次。」

「下次要用流水把血水去乾淨。」

「是喔，你竟然連這種事都知道。」

「這是常識啊，而且牛肝也切得太大塊了，一公分左右剛剛好，這差不多有兩三公分了。」

芝田用叉子叉起牛肝，遞到香子面前。

「書上說，切大一點比較好吃。」香子面不改色地說。

「是喔，但我還是覺得稍微小一點比較好。」

他又張大嘴巴，把一大塊凍肉捲送進嘴裡，然後喝著葡萄酒。香子也拿起了酒杯。

「去名古屋有沒有什麼收穫？」

「雖然不知道能不能稱為收穫，但至少做了力所能及的事。」

「我想聽。」

「我們又去了繪里的老家，她哥哥向我們道歉，說不該隱瞞伊瀨耕一的事。」

芝田說完，開始喝菠菜濃湯。他喝了湯後，陷入沉思。

「在繪里家有什麼新的收穫嗎？」

「她哥哥說，伊瀨自殺後那段日子，繪里每天都一個人聽披頭四的歌。」
「是喔，聽披頭四的歌……怎麼了？不好吃嗎？」
芝田喝了菠菜濃湯後，表情有些奇怪，香子不禁問。
「也不是。」他搖頭，「只是覺得味道很有個性——繪里之所以會聽披頭四的歌，是因為之前和伊瀨交往時，經常聽披頭四的歌。伊瀨留給她的遺書上還寫著『能夠和妳一起聽披頭四很幸福』。」
「是喔……」
香子覺得好像在哪裡聽過類似的話。那是誰說的？還是自己記錯了……
「不過，在繪里的老家沒有太大的收穫。」
芝田這麼說，但他看起來並沒有太失望，香子感到有點奇怪。
「你還去了哪裡？」
芝田吃著沙拉裡的小黃瓜說：「還去了岐阜。伊瀨的老家在岐阜，去一趟看有沒有什麼情報值得參考，結果發現那裡很鄉下，嚇了一跳。」
「有沒有掌握到什麼？」
「沒有，」芝田很乾脆地回答，「只知道那裡很鄉下。」
「其他呢？」
「什麼其他？」

「你剛才不是說，有很多事要辦嗎？但你一直都在說沒有收穫的事，為什麼要瞞我？」

香子用強烈的語氣說道，芝田放下叉子回答，但說話的時候沒有看她。

「並沒有隱瞞妳，因為沒有收穫，所以就實話實說。」

「騙人，你自己可能沒有察覺，你這個人心裡想什麼，都會寫在臉上。如果完全沒有收穫，你的臉會更臭。」

芝田可能不太高興，但香子並不在意。「告訴我嘛，到底查到了什麼？」

芝田仍然沒有看她，「刑警不能對外人透露偵查上的機密，我必須遵守規定。」

「為什麼？你以前從來沒有說過這種話。」

香子從迷你裙下露出的膝蓋移向芝田身旁。他沉默片刻，隨即下定決心，轉向她的方向說：

「我之前曾經提過，我覺得那傢伙很可疑，但是，妳還是要做飯給他吃，既然這樣，我怎麼可能告訴妳偵查上的機密？」

「等一下，你說的可疑對象是高見先生嗎？」

「當然啊。」芝田點點頭。

香子表達抗議，「他才不可疑，而且還有不在場證明。」

「可以找別人動手。」

芝田若無其事地回答，香子很受不了地搖著頭。

「他根本和這件事無關，他也想瞭解真相。」

芝田聽到她的話，愣了一下。慘了。她立刻捂住嘴巴。

「妳說他想要瞭解真相……這是怎麼回事？」

「就是……」香子吞著口水。她想不到什麼謊言，「他說，他對高見雄太郎遭到殺害的事件有疑問，如果和這次的事有關，他也想瞭解真相……」

芝田一臉凝重的表情打量著她，以嚴厲的眼神點了兩三次頭。

「原來是這麼一回事。妳想從我這裡探聽消息，然後再去告訴他？」

香子無言以對。她無法否認自己的確有這種想法。如果想要協助高見，這個方法最直接。

「我懂了。」香子沒有說話，芝田站起身，拿起行李袋和上衣。「原本以為妳是更聰明的女生，但我太失望了。」

他說完這句話，大步走向玄關。

「等一下嘛。」香子叫出聲，但芝田沒有回答，然後重重地關上門離開。

「幹嘛這樣！」她不禁嘟著嘴，「有必要這麼生氣嗎？」

她看著桌上剩下滿滿的料理，不禁嘆著氣。她似乎必須自己解決這些食物。她拿起芝田留下的叉子，叉起一塊肉放進嘴裡。

香子皺起眉頭。

「哇，好難吃。」

2

隔天下午，幾名男人神情嚴肅地聚集在銀座皇后飯店二樓的走廊上。除了松谷警部、直井，以及築地分局的兩名刑警，飯店總經理戶倉也在。戶倉很希望趕快擺脫那起事件，毫不掩飾臉上不耐煩的表情。

「那我就開始說明。」

芝田站在二〇三號房前，看著松谷警部和其他刑警的臉。「我現在來重現當時的情況，請大家看仔細。」

他把手上的鑰匙插進鑰匙孔，緩緩推開門。有人不禁「喔」了一聲。他們從門縫中看到門鍊。

芝田握著門把說：「這時，鐵剪上場。」直井立刻把鐵剪遞到他的手上。芝田用腳抵住門，避免門被關上，然後用鐵剪用力剪斷門鍊。剪斷的門鍊垂下，門開向內側。

「沒有人。」

松谷向房間內張望後說。

芝田繼續說道：「接著發現屍體，丸本先請戶倉先生打了電話——戶倉先生，請你像那天一樣。」

戶倉一臉不悅，但似乎很好奇門鍊到底有什麼詭計，在房間內東張西望後，走向電話。

「接著，丸本又趕走一旁的服務生，說班比公關的人可能還在大廳，叫他去把人找來。也就是說，當時只有丸本一個人在門旁。」

芝田用手掌拍一下門。因為門開著，所以移向房間內牆壁的方向。

「這時，他完成了最後一個步驟。」

芝田說到這裡，稍微移動一下門，讓所有人都可以看到內側。所有的刑警立刻驚叫起來。

「原來是這樣。」松谷佩服地說道，他的聲音最大聲。「還有這種方法啊。」

「和『哥倫布立蛋』一樣。」

芝田把手伸向有問題的部分，剪斷的門鍊被膠帶黏在門上。也就是說，剛才打開門的時候，門鍊就沒有掛在底座的溝槽中，只是用膠帶把前端黏在門上。這意味著凶手在離開房間後，可以輕易動這樣的手腳。

芝田和凶手一樣，撕下膠帶，把剪斷的門鍊重新掛在溝槽中。

「這樣就結束了。」他看著所有人，「雖然丸本的指紋會留在門鍊上，但這並不是問題。因為他說在剪斷門鍊之前，他曾經碰過門鍊，試圖把門鍊解開，有他的指紋很正常，而且也是他剪斷了門鍊。」

「所以丸本必定和這起事件有關，只是到底是主犯還是共犯的問題。」

松谷雙手扠腰，抬頭看著天花板。這是他在整理思緒時的習慣動作。

「很出色的推理。」松谷說：「但是缺乏說服力。」

「沒錯，」芝田一臉嚴肅的表情點點頭，「可惜沒有證據。」

芝田離開銀座皇后飯店回程的電車上，也在思考密室的詭計。目前假設已經成立，而且已證明可以執行，只不過無法證明凶手用了這個詭計。既然無法證明，就只是幻想而已。

——既然詭計只用了膠帶，根本沒辦法證明。

他看著車廂內的廣告，想要轉換一下心情，發現是大型冰箱的廣告。不知道為什麼，站在冰箱旁的年輕女生竟然穿著泳衣。她雙手拿著滿滿的蔬菜，準備放進冰箱。

芝田看著那個廣告，想起昨晚和香子之間的對話。自己為什麼會說那些話？他至今仍然覺得心裡很不舒服。

香子喜歡高見俊介，相信他和事件沒有關係。她既然喜歡他，當然會這麼認為，即使芝田抱怨也無濟於事，而且她想要為心儀的男人打聽消息是人之常情，這或許就是女人心。

但是——

芝田還是覺得不開心。為什麼不開心？芝田在思考這個問題時，想起香子昨天做的菜。雖然味道很奇怪，但他有一種懷念的感覺。

「還有另一個問題。」

站在他旁邊握著吊環的直井嘀咕道，打斷芝田的思考。芝田扭轉身體，看向他的方向。

「那就是繪里自己準備了氰化鉀，如果不是自殺，到底是怎麼回事？」

「關於這個問題，我有個想法。」芝田說。

「你是不是想說，繪里原本想要用來殺凶手？」直井立刻說道。芝田也這麼認為。

「但最後卻是繪里死了，為什麼會變成這樣的結果？難道凶手發現繪里下毒，然後交換了有毒藥和沒有毒藥的杯子嗎？」

「有辦法做到嗎？」芝田問。

「如果動作快一點，應該有辦法吧。」

「不是，我是說，有辦法趁對方不備下毒嗎？」

芝田想像著繪里和凶手在飯店房間內面對面的情景。桌上有兩個杯子，兩個杯子裡都有啤酒，繪里身上有毒藥紙包，正在伺機下毒。

「有點難。」

直井似乎也在想像同一件事。

「在心理上不太可能。」芝田表示同意，「繪里在房間內等對方，所以可以一開始就做好準備。難道是加了對方無法察覺的量而已嗎？不，不是這樣，鑑識報告中說，啤酒杯中的氰化鉀分量沒有那麼少，所以應該是加在啤酒瓶裡。」

「但是，啤酒瓶內並沒有檢驗出毒藥成分。」

「……是啊。」

芝田說話的音量也變小了。難道真的是趁對方不備，直接加在杯子裡嗎？但芝田認為對繪里來說，這是非常需要勇氣的行為。但除此以外，他想不到其他的可能性。

——還有一個不解之謎。

除了密室以外，還有這個不解之謎。芝田嘀咕道。

3

電話鈴聲響起時，香子還在床上。一看時鐘，已經十一點多。難得睡了一個懶覺。這兩三天因為密集練習下廚，簡直累壞了。她還想再睡一下，但電話鈴聲響個不停。

她猛然從床上跳起來。可能是高見打來的電話。

——啊，搞不好……

電話在吧檯桌下方，旁邊就是拖鞋。這一陣子，廚房附近成為戰場。

她接起電話，還來不及發出聲音，電話中就傳來一個聲音問：

「是小田小姐吧？」

「是。」香子覺得這個聲音很熟悉，想了一下，立刻想起聲音主人的臉。慘了。她皺起眉頭，但已經來不及。

「是我，是我啊。」

輕浮的聲音震動耳膜。香子不禁移開電話，對著話筒問：「請問是哪一位？」

「真傷心啊。是我啊，『華屋』的健三。」

「喔。」果然是他。香子覺得很沮喪，但還是擠出親切的聲音說：「那天真是感謝。」

畢竟收了他送的珊瑚胸針。

「不不不，那種小東西不必道謝，但是我們當時不是約好了嗎？我們等一下一起去吃飯。」

「啊？吃飯？」香子不禁尖聲問道。她的確記得隨口答應他的邀約。「喔，這樣啊。啊，但是不行，我今天有工作。」

「工作？妳是說公關工作嗎？」

「對啊，我們公司完全不讓人休息。今天要去赤坂皇后飯店，還要去江戶川河畔飯店，以及芝田飯店。」

皇后飯店是真的，其他兩個地方是她隨口編的。「我等一下要去美容院做頭髮，然後直接去上班，回到家可能都要半夜了。」

「這樣啊，真辛苦。」

「真的很辛苦啊。如果今天不用上班，我很樂意一起去吃飯。」

「如果是這樣，妳真是太幸運了。」

「？」

不祥的預感掠過心頭。香子說不出話。

健三心情愉快地繼續說著，「我猜想到這種情況，所以剛才打電話去妳的公司，跟丸本老闆說，妳今天的工作就是當我的私人公關。這樣我們就可以安心約會，班比公關也可以賺到錢，真是皆大歡喜啊。」

香子茫然地握著電話，聽著健三爽朗的笑聲。

健三問她想吃什麼，香子基於兩個理由，立刻回答說要吃懷石料理。理由之一，是因為這兩三天自己整天都做肉類料理，已經對西式餐點敬謝不敏。另一個理由，就是懷石料理每道菜分量都很少，即使和倒胃口的對象一起吃飯，應該也能吃完。

在吃飯的時候，健三不出所料地說個不停，幾乎都是內容空洞的話。說他之前迷上了寶塚歌劇團的演員，整天送珠寶給對方，結果對方在一個月後把所有珠寶都用快遞寄還給他。他想開遊艇環遊日本一周，從橫濱出發後，中途得了急性闌尾炎，只好中途放棄。當然也有自我吹噓的內容，他最得意的就是他之前住在美國，幾年前才回到日本。香子問他在美國幹什麼，他張大嘴巴笑著說：「當然是學習啊，凡事都要學習。」這算哪門子學習？香子不禁在心裡罵道。

「對了，班比公關的丸本老闆似乎很傷腦筋啊。」

健三把鯛魚生魚片塞進嘴裡後，好像突然想起了什麼，笑著說道：「那個成為他情婦的公關自殺，自由接案的公關又被人殺害，警方一定會徹底調查他吧。再說這還關係到公司的風評，他為了不讓老主顧對他失去信任，簡直使出渾身解數。我今天打電話給他，他還哀求我以後多多關照。」

應該是這樣。香子心想。雖然不知道丸本是不是凶手，但他最擔心因為這次的事影響公司的聲譽。

「警方好像正積極調查，雖然不知道是什麼原因，聽說刑警也來了我們公司。」

香子想起芝田的話。由加利在遇害的前一天，曾經向男性朋友打聽『華屋』的董事長是誰，而且還說『華屋』委託班比公關一事很不自然。

「西原先生，」香子用嬌媚的聲音開口，抬眼看著健三。「我聽別人說，『華屋』是因為一位姓佐竹的部長推薦，才會起用班比。佐竹先生為什麼會選擇班比？」

健三的筷子停住，難得嚴肅地問：「佐竹？妳聽誰說的？」

「呃，是聽班比的人說的。」

「是喔。」他一臉難以接受的表情，「宴會的安排都交給下屬處理，應該是佐竹喜歡斑比的哪位小姐吧。不過也因為這樣，我才能夠遇到像妳這麼漂亮的女生。來，再喝一杯。」

健三拿起酒盅，香子用手掌蓋住杯子說：「不，我不喝了。」

午餐結束後，健三說要去『華屋』總公司。香子很想趕快擺脫他，但聽到他去公司的目的後，改變了主意。因為健三說，目前正在總公司的展覽室舉辦『世界新寶石展』。

「新寶石是什麼？」香子問。

「去了就知道。」健三向她擠眉弄眼。

展覽室差不多十坪大，高密度地展示著被稱為新寶石的作品。除了香子和健三以外，只有幾名客人。健三說，這不是正式展示會，而是為『華屋』的客人中最頂級的老主顧舉辦的。

「哇，好漂亮。」

香子看到一枚像火焰顏色的紅寶石戒指，不禁激動地驚呼。紅寶石有三點九九克拉，相當大，除此以外，還有祖母綠的戒指、鍊墜，以及亞歷山大石……每一顆都大得驚人。

「全都是人工的。」健三說，他似乎看到香子驚訝的樣子很高興。「正確地說，是合成寶石。」

「是仿造品嗎？」

健三聽了她的問題，嘴巴發出嘖嘖的聲音，左右搖晃著食指。雖然他想要耍帥，但一點都不帥。

「仿造寶石雖然外觀和天然寶石一模一樣，但化學構造和組成完全不同。合成寶石雖然是人工製造的，但構造和組成與天然寶石完全一樣。」

「是喔，所以這些紅寶石和藍寶石，都和天然的性質相同嗎？」

「就是這樣，像那枚紅寶石的戒指周圍的鑽石都是天然鑽石，但價格只要原本的十分之一。」

香子想起健三之前也提到人工寶石的事。雖然他是阿斗，不過可能仍在努力嘗試開發新產品。

香子參觀著使用人工寶石的珠寶，接著發現周圍的氣氛突然改變。工作人員顯得很緊張。抬頭一看，一頭灰髮的中年男人帶了一個身穿和服的女人進來。香子記得以前曾經看過這兩個人。

「嗨。」健三抬起手打招呼，中年男人點頭應了一聲。

喔，對了。香子想起來。他是『華屋』的副董事長西原昭一。

「風評似乎不錯啊。」昭一走過來說。

「以後是人造寶石的時代。」健三張大鼻孔得意地回答。看來這次的展示會是他企劃的。

「嗯，凡事都要試一下。」

昭一在說話時，瞥了香子一眼。香子很擔心他會誤以為自己是健三的女朋友，但昭一似乎對她並沒有興趣，不發一語地走向展示櫃。

雖然香子設法拒絕，但仍然無法改變健三堅持要送她回家的意志。她在無奈之下，只好坐上他的白色賓士，他心情愉悅地指示司機前往的地點。

車上除了電話和電視以外，還有冰箱。健三不知道在找什麼東西，香子看著他，沒想到他竟然拿出麥克風。他似乎想要唱卡拉OK。開什麼玩笑。香子被他嚇到了。

「你哥哥看起來很優秀。」

香子為了拖延時間，隨便找個話題，但健三並沒有停下手。副駕駛座椅子的靠背竟然是卡拉OK機。

「哥哥從小就被視為是『華屋』的繼承人，他自己也意識到這件事，向來都很一本正經——妳覺得〈Yesterday〉和〈浪花節人生〉哪一首比較好？」

「那你二哥呢？」

「卓二哥目前在國外。還是〈My Way〉？」

香子還在想下一句話，健三已經把錄音帶放進卡拉OK機。在回到公寓之前，香子聽他的破嗓子唱了三首歌。

抵達公寓後，健三不顧香子的婉拒，跟著她來到家門口。他說向來都會把女生送到家門口，還說這是他的原則。香子很希望他趕快放棄自己的原則，但因為車子還等在門口，所以香子也稍微安心了些。

「呃，謝謝你送我回來……今天謝謝你的款待。」

香子用鑰匙打開房門，鞠躬說道，但健三並沒有輕易離開，他打量著門口的名牌後說：「我想看一眼。我對妳的房間非常有興趣，好，那就稍微看一下。」

好個屁啊。

「不，我房間很亂。」雖然香子這麼說，但仍然無法阻止他。他說著「沒關係，沒關係」，推開門後步入。香子慌忙跟進去。

但是，健三僅僅只是站在玄關，好像看呆了。

「怎麼了嗎？」

香子問，他嘆著氣。

「真的很亂。」

「啊？」

香子走過健三身旁，看到室內的狀況大吃一驚。家裡亂成一團，好像遭遇了一場小型颱風。

4

香子最先確認了藏在枕邊的存摺，幸好存摺還在。只要存摺沒有被偷走，就可以暫時鬆一口氣。她抱著存摺，無力地癱坐下來。

健三打完電話的幾分鐘後，附近派出所的巡查就趕到了。健三說有小偷闖空門，但香子立刻說不是這樣，應該和由加利被殺一案有關，希望巡查聯絡相關的人員。

「歹徒到底在找什麼？」

健三看著堆滿餐具的流理台問。他似乎在思考，這是不是也是歹徒所為。

「應該是為了之前在由加利家裡要找的東西，上次在那裡沒找到，所以就來我這裡翻找。」

香子也不知道歹徒到底要找什麼。

不一會兒，轄區分局的刑警來了。又隔了一會兒，芝田等人到了。

健三和其他刑警離開，芝田留下來幫她整理房間。他說或許可以找到什麼線索，但剛才那些刑警已經調查了半天，香子不認為會有什麼新發現。

「唯一可以確定的是，」芝田撿起散落一地的女性雜誌時說：「某個地方有對凶手很不利的東西，而且凶手還沒有找到那樣東西。」

「到底是什麼？」

「不知道，但由加利應該已經找到了，才會遭到殺害。問題在於凶手為什麼知道她找到了，而且她到底把東西藏到哪裡。凶手猜想她交給妳，但她並沒有。」

「她沒有交給我任何東西。」

「似乎是這樣。」

芝田繼續默默整理，香子把衣服放回衣櫃。

「妳也和那個胖子交往嗎？」

芝田邊整理邊問。

「沒有，只有今天見面，我不是說了，他突然約我嗎？」

「『華屋』也和這次的事件有關，最好小心一點。這是為了妳好。」

「我知道。」

香子回答，芝田沒有吭氣，把CD和錄音帶放回架子。香子開始收拾餐具，但是看到芝田撿起錄音帶時，突然想到一件事。

「我問你，」她問道，「凶手在找的東西，應該不是由加利原本就有的東西吧？」

芝田停下手，抬頭看著香子。香子也看著他。「會不會是繪里的東西？」

「有可能。」芝田說：「非常有可能，但是，如果繪里把這麼重要的線索交給由加利，由加利應該會更早發現才對。」

「所以……並不是繪里交給她，而是因為偶然的機緣，交到由加利手上，而且她並沒有立刻發現那是重要線索。」

「偶然的機緣才到她手上的嗎？」芝田站起來，皺起眉頭看著天花板問：「會有這種東西嗎？」

「就是有啊。我第一次遇到由加利的那天晚上，她曾經告訴我，她在幫忙整理繪里的租屋處時，繪里的爸媽把繪里的CD和錄音帶全都送給她了，她說現在每天晚上聽那些是她的樂趣。」

叭答。芝田打了一個響指。

「所以線索隱藏在CD或是錄音帶裡。由加利在每天晚上依序播放，發現了線索——」

「一定是錄音帶。」香子興奮地說：「可能在錄音帶上錄了什麼內容。」

「等一下。」芝田微張著嘴巴，看著空中的某一點。「對了，繪里也做了相同的事。伊瀨死後，她獨自關在房間內聽披頭四的歌，然後——」

他伸出食指，指向香子的方向。

「伊瀨留給繪里的遺書上寫著，能夠和妳一起聽披頭四很幸福——」

「所以線索隱藏在披頭四的錄音帶裡。」

香子的話音剛落，芝田就衝向電話。

5

「原本還覺得接到了幸運的工作，但這樣一直聽，慢慢覺得有點痛苦啊。」

直井盤腿坐著，吃著泡麵說道。他的面前放著CD播放機，目前正在放〈Hey Jude〉。芝田和香子正在用小型收錄音機聽著〈Girl〉。

他們正在由加利的租屋處。他們覺得一定有什麼線索隱藏在披頭四的錄音帶內，所以請直井一起支援，聽遍每一盒錄音帶。總共有二十多盒披頭四的錄音帶，可能要花費不少時間。

「如果推理正確，」芝田在桌前抱著雙臂，「伊瀨在披頭四的錄音帶裡藏了什麼，繪里在聽他留下來的錄音帶後發現了，於是她就來到東京。錄音帶裡隱藏著讓她如此行動的秘密。」

「伊瀨為什麼要這麼大費周章？寫在遺書上的話，事情不就簡單多了嗎？」

直井說完之後，打個大呵欠。香子也跟著打呵欠。心不在焉地聽音樂是一種享受，但要聚精會神地聽，以免漏聽了什麼，就會昏昏欲睡。

而且當聽音樂變成工作，就一點都不好玩了。

「一定有什麼理由讓他無法寫在遺書上，但只要找到那盒錄音帶，應該就可以解決了。」

「希望可以這麼簡單。」

不一會兒，直井跟著錄音帶的歌聲開始唱。

直井說對了，事情的確沒這麼簡單。他們三個人聽完了所有的錄音帶，但並沒有發現任何可能是線索的內容。

「太奇怪了。」芝田無力地嘀咕，「為什麼找不到呢？」

「被凶手拿走了嗎？」

「不，凶手並沒有找到，所以才會去妳家翻找。」

香子拿起身旁的錄音帶盒子，抽出曲目。

「會不會不是在錄音帶上，而是寫在這裡？」

「早就檢查過了。」躺成大字形的直井說道。他旁邊放著空錄音帶盒。「而且我還檢查了CD，但什麼都沒發現。」

「太奇怪了。」芝田又說了一次，然後抱著頭。

「沒什麼好奇怪的，判斷錯誤是常有的事，問題在於如何將失敗運用在下一步。偵查本來就要按部就班。」

直井覺得大家的思考能力變得遲鈍，所以這麼隨口說道，但他仍然又重聽錄音帶。

香子看著目錄的文字說：

「會不會曲名中隱藏著什麼暗號？」

「暗號？」芝田抬頭。

「比方說，第一個字母連起來，就可以成為一句話之類的……推理小說中不是經常有這種事嗎？」

「嗯。」

芝田把錄音帶盒都蒐集起來，看著目錄上的文字，嘴裡唸唸有詞，可能正在嘗試。

但是，他最後好像想到什麼，抬頭看著香子搖頭。

「不，不是這樣，如果隱藏得這麼複雜，沒有人能夠解讀出來，必須是繪里和由加利在無意之中能夠發現的線索。」

「這樣啊……」

香子覺得他說的話有道理。至少由加利並不是為了找線索才聽這些錄音帶。

「果然想錯了嗎……」

芝田似乎失去自信，深深嘆氣。

這時，直井坐了起來。

「喂，這有點奇怪。」

他手上拿著曲目卡，目前CD播放機沒有播放任何歌曲。

「怎麼了？」芝田問。

「我剛才沒有發現，這盒錄音帶少了一首歌，是〈Paperback Writer〉。你們看，目錄上最後一首是這首，但錄音帶上並沒有。」

香子也探頭張望，目錄的A面欄上寫了一排英文字。〈Can't Buy Me Love〉等六首歌，最後一首寫著〈Paper back Writer〉。

「B面呢？」芝田問。

「我剛才聽了一下，只有到第五首的〈Lady Madonna〉，之後什麼都沒有。」

「和目錄上的一樣，我也聽了一遍，沒有錄其他的東西。」

B面欄內什麼都沒寫。

芝田發出低吟問：「到底是怎麼回事？」

「第一種可能，就是沒有任何意義，不知道是在寫目錄時寫錯，還是錄音時出錯，總之，因為這種單純的錯誤導致這種情況。」

「如果有意義呢？」

香子問。兩名刑警閉了嘴。

「也許，」芝田說：「這個部分可能曾經錄了什麼東西，錄了歌曲以外的什麼東西。」

「但是什麼都沒有啊。」

「是啊。」

「這是怎麼回事？」

香子問。芝田再度陷入沉默，直井用沉重的聲音說：

「這還用問嗎？原本錄了什麼，現在沒有，那就代表有人把那些內容洗掉了。」

第八章 Paperback Writer

1

隔天傍晚——

芝田和直井坐在班比公關旁的咖啡店內，班比公關負責業務的米澤一臉順從地坐在他們對面。他輕輕推推金框眼鏡後，小聲咳了一下。

「請問要問我什麼事？」

他的聲音很高亢，芝田覺得他有點神經質。

「想請教你有關工作的情況。」直井說：「在公關去派對會場時，你都會一直留在休息室內待命，對嗎？」

「對，這件事有什麼問題嗎？」

米澤的眼神不安地飄忽著，芝田認為他並不是擅長說謊的人。

「聽說公關的貴重物品都會留在休息室內？」

米澤聽了直井的問話，臉上的表情有點緊張。

「保管貴重物品也是我的工作。」

「原來如此，所以絕對不會讓外人進入休息室，對嗎？」

「當然，絕對不會有這種事。」

「比方說，」直井停頓一下，看著米澤那張神經質的臉，繼續說：「丸本老闆有沒有去過休息室？」

「老闆嗎？」米澤露出了不可思議的表情，「老闆為什麼要來休息室？」

「所以他最近沒有去過休息室，對嗎？」

「嗯。」米澤點點頭。

這個問題和小田香子的家裡被人翻箱倒櫃有關，因為他們很納悶歹徒是如何進入她家。香子斷言，她絕對有鎖好門，而且門鎖並沒有被人撬開的痕跡，因此很可能是歹徒透過某種方法製作了她家的備用鑰匙。但香子說，她從來沒有把鑰匙借給別人，於是芝田和直井就懷疑可能是她去派對工作的時候出問題。比方說，丸本走進休息室，偷偷打開香子的皮包，竊取了鑰匙的模型。

——如果不是丸本……

還有另一個可能。

「最近有沒有發生過這種情況？在派對中途，有某個公關跑回休息室？」芝田問。

米澤搖頭說：「沒有，除非有什麼重要的事，否則不可以在派對中途離開。」

「那不是中途也沒有關係，有沒有某一個公關一個人回到休息室？比方說，在派對開始之前，說忘了拿什麼東西。」

「這個問題很難回答。」米澤說完，皺眉。「你說忘了拿什麼東西，公關並不需要帶什麼東西。」

說到這裡，他突然好像想起什麼。

「對了！」

「怎麼了？」

「我想起來，幾天前，所有人都去會場後，有一個人曾經回來。我問她怎麼了，她說沒事，叫我把頭轉過去。所以我就背對著她，我聽到她打開皮包的聲音，然後她去了廁所，我猜想應該剛好是生理期吧。」

不知道是否因為平時和許多女生打交道的關係，米澤說這種事時臉不紅氣不喘。

「你說是幾天前，正確地說，是哪一天？」直井問。

「稍等一下。」

米澤拿出記事本，纖細的手指翻了起來。「三天前。」

「請問這個人是誰？」

芝田激動地追問。米澤以有點不知所措的表情回答：

「是江崎小姐，公關領班的江崎洋子小姐。」

和米澤道別後，芝田和直井回到新宿，走進一家拉麵店填飽肚子。

「江崎洋子果然出現了。」

直井用手帕擦著額頭上的汗水，一邊吃著拉麵說。

「沒錯，不出所料。」芝田在點頭的時候也沒有停下。

芝田和直井認為，即使丸本沒有去公關的休息室，只要有願意協助他的公關，就可以取得香子鑰匙的模型。願意協助丸本的公關是誰？當然只有江崎洋子。雖然她說和丸本之間只是玩玩而已，但並不知道究竟如何。

「洋子趁米澤不備，從香子的皮包裡偷了鑰匙，然後走去廁所，用黏土或是其他東西取好模型，然後再伺機把鑰匙放回皮包。如果是三天前的話，最晚前天就可以打好備用鑰匙，於是在昨天偷溜進香子家。」

直井揮著筷子說完後，雙手捧起麵碗，把湯都喝光。

「如果洋子一開始就協助丸本，情況就和我們原本想的不太一樣了。」

芝田認為必須調查在由加利遇害，和香子的住家被人翻箱倒櫃時，洋子是否有不在場證明。

「事到如今，說牧村繪里是丸本情婦這件事越來越不可信了。如果真有這回事，洋子應該不可能協助丸本。」

芝田聽了直井的話，握緊免洗筷。丸本很可疑，但目前完全沒有任何證據。

出了拉麵店後，他們走去新宿分局。剛才已經向搜查總部報告過從米澤那裡問到的情況，搜查總部應該會去清查所有江崎洋子可能去過的鑰匙店。

走了一會兒，直井停下腳步。他看到一家小型唱片行。

「不知道有沒有披頭四的歌。」直井嘀咕。

「進去看看。」芝田率先進去。

店內有許多年輕的客人，但幾乎都聚集在CD區，沒有人在看黑膠唱片。這是最近的趨勢。

「芝田，你平時都聽什麼音樂？」

直井打量著店內問他。

「嗯，我喜歡『Princess Princess』，聽了之後，整個人都很有精神，疲勞一下子都不見了。」

「是喔，我從來沒聽過，既然有這種效果，那我下次來聽看看。」

店裡有一個繫著圍裙的年輕店員，芝田問他有沒有披頭四的唱片。店員很有自信地說，當然有。

「我們想找有〈Paperback Writer〉這首歌的唱片。」直井說。

「是CD嗎？還是黑膠唱片？」

「黑膠唱片比較好。」芝田說，因為伊瀨耕一應該是從黑膠唱片轉錄到錄音帶上。

店員拿出一張名為〈Hey Jude〉的唱片，唱片封套上是披頭四四人表情嚴肅的臉。

「你放一下〈Paperback Writer〉這首歌。」

直井要求道，店員親切地回答後，把唱片放在唱機上。店內響起了音樂聲。一開始節奏很慢，但很快變成輕快的節奏。

「咦？」

直井看著唱片封套叫了一聲。

「怎麼了？」

「你看這個，那盒錄音帶上的歌曲，全都是這張唱片A面的歌曲。」

「是啊，所以伊瀨應該是用這張唱片轉錄的。」

「我原本也這麼想，但歌曲的順序不對。這張唱片的〈Paperback Writer〉是在第三首，但那盒錄音帶是第六曲。」

「可能重新編排過順序吧，但是……」

芝田和直井對望，「為什麼？」

「問題就在這裡，他為什麼要這麼做？如果只是要留訊息給牧村繪里，根本不需要這麼做。」

芝田將視線移回正在旋轉的唱片上。歌曲即將結束。店員看到兩個男人在爭論，似乎有點不知所措。

「總之，」芝田開口，「必定有什麼非〈Paperback Writer〉不可的理由。」

「沒錯，為什麼非這首不可呢？喂，這首歌的歌名翻成日文是什麼意思？」

「Paperback 是平裝本的意思，平裝本作家——就是三流作家的意思。」

「是喔。」直井低吟了一聲，「感覺好像完全沒有關係。」

「但總覺得這有什麼玄機，回去之後再重新查一下。」

「好，那就趕快回去——喂，不好意思，我們改天再來。」

兩人留下原本期待可以賣出唱片的店員，快步走出唱片行。

搜查總部內，松谷正在聽取其他刑警的報告，報告的內容是丸本創立目前這家公司時的資金來源。目前的紀錄顯示他的資金來源並無可疑之處，他用賣掉名古屋老家的錢，先開了一家小型事務所作為重新出發的起點。

「但很難想像他能夠在短時間內發展成為目前這家公司，想必花錢賄賂了成為公司客戶的飯店相關人員，而且從一流公關派遣公司挖角不少人。除了公關以外，還找了教育培訓的人員，挖角這些人一樣要花不少錢。」

「所以不知道他從哪裡張羅到這些錢嗎？」

松谷聽了其他警員的話，摸著下巴說。賄賂的確很難證明，即使質問丸本，他一定會裝糊塗。

「有沒有確認丸本和佐竹的關係？」

在報告告一段落後，直井插嘴問道。觀察班比公關的成長過程，可以明顯發現，成為『華屋』感恩派對指名合作的對象，對公司的發展大有幫助，當初是『華屋』的佐竹部長命令起用班比公關。

松谷皺起眉頭，「可惜沒有掌握到任何線索，我總覺得遺漏了某些重要的事。」

這時，另一位刑警回來了。他負責調查小田香子家裡被人翻箱倒櫃時，江崎洋子是否有不在場證明，從結論來說，她並沒有不在場證明。她說三點多去了美容院，之前都獨自在家。

「我也問了江崎在真野遭到殺害當天，是否有不在場證明。她一樣三點左右去了美容院，傍晚之後在銀座皇后飯店工作。」

「嗯，那天算是有不在場證明，但還是去美容院調查一下。」

松谷向其他刑警下達指示時，芝田和直井拿出那盒錄音帶，再度看著目錄，但還是沒有任何頭緒。

「光這樣看，覺得根本沒有必要改變歌曲的順序。」

直井偏著頭說。

「是啊，原本最後一首是〈Revolution〉，但按照原本的順序好像沒有問題啊。」

「你們在幹嘛？」

股長坂口走過來問他們。他又矮又胖，而且有一雙渾圓的眼睛，所以大家為他取了

「豆狸」這個綽號。坂口看著芝田手上的錄音帶盒問：「這就是披頭四的錄音帶嗎？有線索了嗎？」坂口是只聽演歌的中年人，之前都沒有插手這件事的調查。

「我們正試圖解開〈Paperback Writer〉——三流小說家之謎。」

直井指著錄音帶的目錄，半開玩笑地說。

「原來這是三流小說家的意思。」

坂口語帶佩服地說。他的英文能力也很差。

「Writer是作家吧，Paper back是三流小說的英文片語嗎？」

「不是，Paperback是一個單字。」

芝田苦笑著糾正，但坂口一臉難以接受的表情看著錄音帶盒說：

「但是，Paper和back之間不是有空一格嗎？難道是抄錯了？」

「啊？」

芝田接過錄音帶盒，重新看著目錄，發現上面的確不是〈Paperback Writer〉，而是〈Paper back Writer〉。

「抄錯了嗎？」直井探頭張望，「還是有什麼特別的意義？」

「不會有什麼意義吧。」坂口說：「而且這樣寫的話，意思就不通了。Paper不是紙嗎？Back不是後面的意思嗎？就變成在紙後寫作的作家，完全搞不懂是什麼意思。」

「不，這種情況時，back應該解釋為背面，所以是在紙背面寫作的作家……」

芝田恍然大悟地抬起頭，剛好和直井四目相對。直井似乎也想到了什麼。

芝田抽出目錄，看著背面，但背面沒有寫任何字。

「不是，是在這裡。」

直井在說話的同時，拿起錄音帶，抓著磁帶用力拉開。細細的棕色磁帶一下子飛了出來。

「看背面。」

不用直井提醒，芝田就已經在檢查背面，終於在磁帶最後的部分發現了。

「我們繞了一大圈……」

芝田茫然地嘀咕道。直井也走到他身旁，看著他手中之物。其他刑警見狀，也紛紛圍過來。

細細的棕色磁帶背面，寫了滿滿的字。

2

我只想把真相告訴妳，希望妳能夠瞭解我為什麼深陷痛苦。

我想要錢。只要有錢，我就可以宣傳我的實力，但如今這樣，我可能一輩子都無法出頭。

沒想到那些傢伙利用了我的這種想法。

我試圖用卑劣的方式獲得一大筆錢。我利用高見雄太郎的弱點，狠狠地敲詐他。雖然是因為被他們的花言巧語唆使，但這種行為等於放棄了身為一個人最重要的東西。

沒錯，我那時候腦筋真的不太正常，所以聽到高見說要報警時，我失心瘋地襲擊了他。

再寫一下陷害我的人。其中一個人姓「東」，妳上次來我家時，看到我放在桌上的人像畫，不是說那個人的眼神很可怕嗎？那張人像畫就是東。我不知道他的真實身分，但有一次剛好看到他走進名古屋一家名叫『華屋』的珠寶店，而且他看起來不像是客人，店員看到他都畢恭畢敬，也許他是『華屋』的高層。還有另一個姓圓谷的人，我也不瞭解他的底細，他總是跟在東的身旁。臉很長，五官很平，年紀大約三十七、八歲。

如果妳決定把這些事告訴警察，我沒意見，但這並不是我的初衷。我前面提到，一旦我們的犯罪公諸於世，會傷害到其他人。

繪里，真的很對不起。我太愚蠢了。希望妳趕快忘記我，找到自己的幸福。

磁帶背面寫著以上的內容。

這些內容太令人震驚了。芝田將內容抄寫在黑板上，其他刑警都說不出話。

「沒想到發現了這麼震撼的內容，」松谷驚訝地搖頭，「看上面寫的內容，伊瀨似乎和這個姓東的，還有姓圓谷的人聯手勒索高見雄太郎，可能已勒索很多次，但得知高見決定報警之後，在衝動之下殺了他。」

「牧村繪里發現這個內容，然後決定向東和圓谷報仇，因為沒有這兩個人，伊瀨就不會死。」

其他人聽了芝田的意見，紛紛點頭。

「我能夠理解你的意見，但繪里到底打算怎麼做？從他寫的內容，只知道那兩個人姓東和圓谷。」

松谷噘著兩片厚唇。

「繪里看過東的人像畫，而且知道他是『華屋』的高層，確認了那個人的真實身分，然後就來到東京。因為她知道東就在東京。」

芝田在說話時，發現自己的身體熱了起來。松谷抱著雙臂陷入沉思，他在思考芝田的意見。

「這個圓谷會不會就是丸本？」這時，直井指著黑板說：「無論臉部特徵還是年紀都完全相符。如此一來，就解釋了丸本在創立班比公關時資金來源的問題。圓谷名字中的圓，和丸本的丸，很像是他會使用的假名字。」

「喔喔。」大家紛紛驚嘆。這意見很犀利，松谷看著黑板片刻，隨即謹慎地表示同意說：「有可能。這代表牧村繪里也知道圓谷的身分嗎？所以才會去班比公關。」

「不，這一點倒是未必。」剛才始終默默聽其他人發表意見的刑警開口，「她可能是為了有機會參加『華屋』的派對，才進入班比公關。」

芝田認為他的意見很有道理。因為光靠這盒錄音帶，不可能瞭解圓谷的真實身分。

「所以說，牧村繪里為了復仇來到東京，她當公關只是為了賺取生活費，但後來知道『華屋』會舉行感恩派對，而且都會找班比公關，就決定換到班比——」

「是啊，繪里雖然來到東京，但已經過了兩年多，仍然苦於無法接近東，最後透過派對，終於接近了『華屋』。」

直井似乎很興奮，說話時噴著口水。「但是她進了班比之後才發現，公司的老闆竟然就是圓谷。雖然聽起來很巧，但其實『華屋』和班比公關的關係，就是東和圓谷之間的關係，所以並不是巧合。」

「原來東的真實身分是佐竹。」坂口用力拍著大腿說。

松谷也發出一聲低吟，點點頭。

「希望可以有證據證明。好，那就再次徹底清查佐竹的過去，尤其是高見雄太郎命案當時的情況。」

松谷用熱切的語氣說著，掃視著所有人的臉。

「我可以發表一下意見嗎？」直井舉起手，「真野由加利也是因為發現這盒錄音帶，才會遭到殺害吧？」

「應該吧。」坂口插嘴說：「她在遇害之前，曾經向男性朋友打聽『華屋』的董事長是誰，八成是看了這些自白。凶手之所以在真野由加利和小田香子的租屋處翻箱倒櫃，也是在找這盒錄音帶。」

「但是，凶手為什麼知道有這盒錄音帶？不，應該不知道錄音帶內藏著自白，否則這盒錄音帶就會落入凶手的手中，但是凶手知道有東西記錄了伊瀨的自白，凶手為什麼會知道呢？」

直井看著所有人，徵求大家的意見，但沒有人發言。芝田認為他指出核心的問題。凶手一定有什麼理由才會那麼做。

「會不會是真野由加利自己告訴凶手？」松谷終於開口說道，「她說自己掌握了這個證據，要求凶手坦白。」

「但是，光憑這盒錄音帶無法知道誰是凶手。」坂口說。

「對喔。」松谷露出為難的表情，「好，這就作為功課。目前就先調查佐竹。」

「還有高見雄太郎的秘密。」芝田說。

松谷用力點點頭。

「沒錯，高見雄太郎到底有什麼會被人勒索的把柄，要找出高見家的秘密。」

3

高見俊介的房子位在大廈公寓的最東端，南側有露台，但東側有一個很大的陽台。站在那裡看風景，可以在幾乎正前方看到高輪王子飯店，整棟建築在陽光下閃耀著光芒。

「這裡唯一的優點，就是景觀很好。」

高見在準備咖啡時說，摩卡的香氣飄過來。

「啊喲，讓我來吧。」

「沒關係，妳等一下還要大顯身手。」

高見笑著回答，香子沒有再多說什麼。

這是她的房間被翻箱倒櫃三天後的星期天，終於要來做苦練多日的料理了。香子很緊張。

「關於妳剛才說的事，還有其他東西被偷嗎？」

高見端著咖啡來到沙發這邊。

「不，貴重物品都還在。」

高見剛才去品川車站接她，她在車上告訴他三天前發生的事。高見大吃一驚。

「真讓人擔心啊。」高見皺著眉頭，「會不會是因為和我來往，才給妳添了麻煩？」

「不可能有這種事，」香子急忙否認，「更何況沒有人知道我們見面。我猜想是因為我和繪理、由加利關係很好，才會有人去我家亂翻一通。」

「那就好。」

高見仍然一臉複雜的表情，喝著咖啡。

香子喝著咖啡，打量著高見的房子。這裡的開放式廚房兼客廳很寬敞，比香子住的地方還大。除此以外，還有兩個房間，以後如果兩個人住綽綽有餘。

「妳剛才提到錄音帶的事真是耐人尋味，伊瀨耕一留給牧村繪里，然後又經由繪里交到真野由加利手上——關於這盒披頭四的錄音帶隱藏什麼秘密的推理，太有意思了。」

「雖然目前還只是推理。」

「不，我認為應該八九不離十。那盒錄音帶目前在哪裡？」

「警察拿走了。」

高見聽到香子的話，愣了一下，然後他再度恢復笑容，喝著剩下的咖啡。

「這樣啊，太可惜了，我很想看看那盒錄音帶。」

「但是我剛才提過，重要的部分好像被洗掉了。」

「也許吧，但是——」高見以認真的眼神看著香子，「可能用了錄音以外的方式，隱藏了什麼重要的線索。」

「錄音以外的什麼方法？」

「這就不知道了。」

高見起身，走向旁邊的音響，放了唱片。電子合成器的聲音靜靜響起。「這是巴哈的作品。」他說：「用電子合成器演奏的巴哈，聽起來也很棒。」

兩個人一起聽了一會兒音樂。

「呃……」香子漸漸忍受不了沉默，於是開口。「如果警察把錄音帶還給我，我會馬上拿給你。」

高見想了一下，微笑說：「好，那就麻煩妳了。」

香子看了他的反應，才發現自己的提議毫無意義。既然警方把錄音帶還回來，就代表錄音帶上完全沒有任何問題，即使把這種東西拿給高見，也無法發揮任何作用。

——我真是傻瓜……

香子聽著巴哈的音樂，感到無地自容。

都是他的錯。香子想到芝田。芝田這兩三天都沒有出現在香子面前，但他每天晚上都回到高圓寺的公寓，只是都深夜才回家。最好的證明，就是每天的報紙都被拿進屋裡。既然他有回家，就應該看到香子塞在他信箱裡的信。香子在信中寫著「明天上班之前，請來找我喝杯茶。香子」，但他始終沒有來按香子的門鈴。

香子察覺到其中的原因。因為一旦見面，她就會向他打聽偵查情況，香子的確想要打聽，也想知道錄音帶之後的情況。

——他一定擔心我把情況告訴高見先生，但高見先生並不是凶手。

香子看著高見俊介端正的臉想道。

香子說差不多該做準備了，於是收拾咖啡杯，順便走進廚房。當她繫上自己帶來的圍裙時，覺得心情很像是即將參加比賽的運動選手。

「妳打算做什麼料理？」坐在沙發上的高見問。

「只是家常菜而已。」香子回答。她不是謙虛，而是真的這麼打算。

她最後放棄練習好幾次的『香子流日式凍肉捲』，今天要做翡冷翠豬肉和地中海沙拉，蔬菜絲清湯，都是適合初學者的料理。

「啊，慘了。」

香子把食材都放在流理台上，但在看製作方法的小抄時，發現自己忘了買罐裝蘑菇。

「怎麼了？」正在看報紙的高見抬起頭問道。

「有樣東西忘了買，我去買一下。」

香子解開圍裙。

「現在嗎？如果不是重要的食材，沒有也應該沒關係吧？」

「不，這……」

香子不知該如何回答。其實她不知道如果不用罐裝蘑菇會怎麼樣，八成沒有太大的差異，但對初學者來說，不完全按照食譜製作，就會感到不安。

「我還是去買一下，我不想偷工減料。」

「是嗎？那妳路上小心，門不用鎖沒關係。」

「那我出去一下。啊，你坐著就好——」

香子制止正準備站起來的高見，沿著走廊走去玄關，然後穿上鞋，打開門之後，發現忘了拿皮夾。她關上門，再度走回走廊。

這時，客廳裡電話鈴聲響起。

「你怎麼會——」高見的聲音聽起來很緊張。香子情不自禁停下腳步，豎起耳朵。

「交易？」他問。他可能以為香子已經出門了，所以說話的聲音並不輕。「什麼交易？」

短暫的沉默後，高見說：「我完全不知道你在說什麼。」

然後又是一陣沉默。這次沉默的時間比剛才更久。香子發現自己的掌心開始冒汗。

最後他說：「好。」他的聲音很低沉，「要在哪裡見面……可以，好，那就明天八點。」

他在掛上電話的同時，香子躡手躡腳走回玄關，然後故意用力大聲地開關門，沿著走廊走進去。

「我真是太迷糊了，要去買東西竟然連皮夾都沒帶。」

4

香子在高見家裡做菜時，芝田和直井回到新宿分局。他們剛才去佐竹住家附近查訪，如果佐竹就是伊瀨自白中提到的那個姓東的人，應該會和丸本一樣，在三年前突然有一大筆錢。他們去向佐竹周圍的人打聽，佐竹是否有這種變化，但是，根據今天的調查，並沒有這種情況。

「名古屋那裡有沒有什麼消息？」

芝田向松谷報告完畢後問道。松谷派了刑警去名古屋，調查伊瀨曾經去的店家打聽，是否有姓圓谷或是東的男人。

「不，目前還沒有收到任何重要的聯絡。」松谷回答，「但是派去調查高見家的人聽到奇怪的傳聞，是關於高見雄太郎女兒的事。」

「女兒？對喔。」

芝田想起之前去愛知縣警總部時，曾經聽說過他女兒的事。因為雄太郎遇害，導致她的婚事告吹。

「她叫高見禮子，是雄太郎的獨生女，但現在搞不清楚她是否還在。」

「失蹤了嗎？」

「不，並不是失蹤。據說應該是在高見雄太郎位於名古屋的老家，和現任董事長康司一家住在一起。」

「應該是？」

「怎麼聽起來好像有隱情？」直井也問。

「據說事件發生之後，她一直足不出戶。雖然親生父親遭到殺害，這種情況似乎也情有可原，但這一兩年完全沒有人和禮子見過面，這件事讓人覺得有點奇怪。」

「該不會死了？」

直井開了不好笑的玩笑，松谷狠狠瞪了他一眼說：「不可能，雖然她沒跟人會面，但曾經有人不經意瞥見她的身影，而且說她看起來精神不錯。」

「她原本的結婚對象是什麼人？」芝田問。

「這個喔，」松谷壓低聲音說：「聽說是大藏省官員的兒子，應該是雙方各取所需的政商聯姻。」

「這門婚事沒有重提嗎？」

「目前並沒有這種動向，更何況高見雄太郎已經死了，這門婚事可能失去意義。」

松谷表情充滿信心，似乎覺得這條線可以查出什麼名堂。

「人像畫方面呢？」

松谷聽到芝田的問題，原本很有信心的臉上露出無奈的表情。

「伊瀨畫的所有人像畫似乎都被你們帶回來了。雖然請愛知縣警協助上門瞭解情況，但似乎並沒有發現其他的人像畫。」

錄音帶上的自白寫著，伊瀨曾經畫過東的人像畫。芝田他們調查了從繪里房間帶回來的那些人像畫，但既沒有佐竹，也沒有和『華屋』有關的人的畫像。

「可能被東銷毀了。」

直井說。完全有這種可能。

「如果是這樣，就代表牧村繪里憑著在伊瀨住處瞥了一眼人像畫的記憶，來到東京復仇，而且為此等待了兩年半的時間。女人一旦認真起來，真的很可怕。」

松谷深有感慨地說。

「但佐竹的臉很好記，他的人像畫也很好畫。伊瀨的自白上提到，他的眼神的確很銳利。」

芝田想起香子曾經形容他像骷髏。

「佐竹的事有點傷腦筋。」松谷深鎖的眉頭，簡直就像用雕刻刀刻出皺紋。「目前正在請其他刑警調查，在牧村繪里遇害時，他似乎有不在場證明。他和西原家的人，在同一家飯店頂樓的酒吧招待老主顧，九點到十點都在那裡，是完美的不在場證明。」

「那就是丸本動手殺人。」直井立刻回答，然後看著芝田的臉繼續說：「密室的詭計也只有丸本能夠完成，不是嗎？絕對就是他。」

「不，我認為這樣的判斷有問題，」芝田否定他的意見，「牧村繪里並不知道丸本就是圓谷，所以在派對時，想要向東報仇。」

「這我也知道。」

「所以，她在飯店房間內等待的對象是東。」

「雖然是這樣，但丸本可能代替東去了那個房間。」

「不，這不可能。」松谷把已經很淡的茶倒進便宜的茶杯中，「雖然最後造成了相反的結果，但繪里用上毒藥，這就意味著她要等的人出現了。」

「對喔……」

聽松谷這麼一說，直井不得不接受，但他仍然偏著頭說：「但我們難以瞭解繪里採取了怎樣的行動，也不知道是經過怎樣的來龍去脈，最後變成她命喪黃泉。在瞭解這些情況前討論不在場證明，完全沒有真實感。」

「的確有道理。」松谷拿著茶杯，視線看向遠方，然後用力點頭。「好，那就來實際演練一下，我們來重現那天晚上的情況。」

「實際演練一下？要怎麼演練？」

「假設你是繪里，這裡是飯店的房間。她成功約到東，東馬上就會來房間。你在房間裡等對方時會做什麼？假設這是啤酒瓶，這是杯子。」

松谷把桌上的茶壺和茶杯遞給直井說。直井捺熄香菸，重新坐在椅子上。

「嗯，假設我是繪里……應該會事先把毒藥加在啤酒瓶裡，因為這樣才萬無一失。把毒藥加進去之後，再把瓶蓋蓋回去。」

「但如果是這樣，自己的杯子也會是加了毒藥的啤酒，為了消除對方的戒心，自己一定會稍微喝幾口啤酒。」

松谷立刻指出這點。

直井抓著頭說：「啊啊，對喔。那這樣呢？先在自己的杯子裡倒一杯啤酒。」

直井拿起茶壺，在其中一個茶杯裡倒了茶。「然後再把毒藥加進酒瓶，在這種狀態下等對方。」

「好，這樣應該沒問題。芝田，該你了。」

「好。」

「你來演東的角色，從他進房間之後開始。」

「喔。」

雖然芝田這麼回答，但不知道該做什麼。

松谷對直井說：「繪里看到對方會做什麼？」

直井想了一下後，「應該會請他喝啤酒？」

「好，那就請他喝啤酒。」

直井拿起茶壺說：「要不要先喝一杯？」然後在芝田的茶杯裡倒了茶。

「好，關鍵就在這裡。東做了什麼？如果他喝下去，應該就死了。」

「東可能猜到啤酒裡可能被下毒。」

「嗯，所以他怎麼做呢？」

「應該會趁繪里不備，偷偷交換杯子。」

芝田迅速交換了直井面前的杯子和自己的杯子。

松谷點頭說：「嗯，或許會有這種機會。可能故意把什麼東西掉在地上，讓繪里去撿。然後呢？」

「然後他們就一起喝啤酒。」

直井把茶杯舉到嘴邊，芝田也拿起來。直井放下茶杯，抓著喉嚨說：「嗚嗚，好難過……就這樣。」

「演技很爛，算了就這樣吧。」松谷苦笑著，然後問芝田：「東之後做了什麼？」

「應該把丸本找來吧，然後思考如何善後。」

「等一下，犯案時間大約在幾點？」

「我看一下。」芝田看著自己記錄的資料，牧村繪里在九點二十分左右去向櫃檯借鑰匙。

「應該九點半左右吧？」

「丸本去櫃檯，要求打開二〇三號房是幾點？」

「九點四十分左右。所以……丸本應該就在現場附近。」

如果不是這樣，時間上就會來不及。

「繪里約東之後，東應該聯絡了丸本，於是丸本就在附近待命。」

直井表達了意見。

「好，這一點就認為是這樣，所以再回到啤酒瓶的問題。」松谷輕輕拍拍作為道具使用的茶壺，「如果沒有動手腳，毒藥就會留在啤酒瓶中，凶手怎麼處理啤酒瓶？鑑識的結果已經證實，並沒有洗過的痕跡。」

「會不會從冰箱裡又拿出一瓶新的啤酒，稍微倒掉一點，再和加了毒藥的啤酒瓶交換？」直井說。

「不，冰箱裡原本有兩瓶啤酒，另一瓶啤酒沒有動。」松谷立刻否定他提出的可能性，「但有可能從其他地方拿來一瓶啤酒調包。那家飯店有沒有賣瓶裝啤酒的自動販賣機？」

「沒有。」芝田回答。

「這樣啊。」松谷顯得有點遺憾，他似乎原本認為自己的想法很不錯。「如果是這樣，就沒辦法立刻馬上買到啤酒了。」

「會不會是從其他房間的冰箱裡拿過來呢？」直井問。

松谷雙眼一亮問：「哪個房間？」

「二〇四號房。」芝田回答，「班比公關那天有兩個房間作為休息室，分別是二〇三號房和二〇四號房。」

「但要怎麼進去那個房間？如果沒有鑰匙，不是沒辦法進去嗎？」

「如果有人在那個房間內呢？」

「丸本在那裡嗎？」松谷握著右拳，用力打在左手掌上。「他接到了東的電話，躲在二〇四號房。等一下，丸本要怎麼進入二〇四號房？」

「應該在二〇四號房鎖門之前就進去了，一定是最後離開那個房間的公關小姐幫了他。」

芝田這麼說。那個公關當然就是江崎洋子。

松谷點頭同意，走向黑板說：「好，我們來整理一下。」

- 繪里約東去房間（派對時？）。
- 東聯絡丸本。
- 繪里、小田香子一起離開二〇三號房（八點三十分）。
- 丸本來到皇后飯店，在江崎洋子的協助下進入二〇四號房。
- 繪里去櫃檯借鑰匙進入二〇三號房（九點二十分左右），等待東。
- 東進入房間，換酒杯，繪里身亡。
- 東去了二〇四號房，要求丸本協助。
- 從二〇四號房的冰箱內拿走啤酒，稍微倒掉一點之後，放在二〇三號房的桌子上。

加了毒藥的啤酒瓶沖洗之後，放回二〇四號房。

●東離開。丸本在門鍊上動手腳之後去櫃檯，要求打開二〇三號房（九點四十分左右）。

「好，這下子就清楚了。」

松谷滿意地摸摸下巴。

「最後再由丸本演了那齣戲。他謊稱繪里是他的情婦，杜撰成她因為三角關係而想不開的自殺動機。江崎洋子也陪他演了這齣戲。」

直井從西裝口袋裡拿出被壓扁的LARK菸，裡面的香菸都壓彎了。

「如果是這樣，東在九點二十分之後的十分鐘期間必須在現場，如果佐竹在接待客戶時，曾經在這段時間暫時離席，就可以合理解釋這起事件了。」

芝田在寫筆記的同時說道。

「好，那就來查證一下這件事，還要去銀座皇后飯店，確認那天二〇四號房的啤酒是否少了一瓶。」

松谷大聲指示。

5

香子總算成功做完料理，在高見的協助下收拾完畢後，看著暮色籠罩的天空，喝著飯後的紅茶。

他們有一搭，沒一搭地聊著天。香子知道其中的原因。因為高見一直在思考剛才那通電話的事。最好的證明，就是即使香子跟他說話，他也經常心不在焉。香子察覺了他的態度，所以比平時安靜。

——那通電話到底是誰打來的？

陷入沉默時，她立刻思考這個問題。只是工作上的交易嗎？

但是，高見的語氣聽起來不像是在談工作。交易？到底是什麼交易？

「我差不多該回家了。」

香子覺得繼續耗在這裡也沒有意義，於是就站起身。高見可能還在想事情，慢了一拍才看著她說：

「這樣啊，那我幫妳叫車。」

他說完後，就走去隔壁房間，但又很快折返回來。「不好意思，我好像把通訊錄忘在車上了，我下去拿，妳等我一下。」

「嗯，好的。」

高見離開後，香子又在沙發上坐下。她看到了放在角落茶几上的電話。深藍色的電話附有錄音功能。

——也許錄到了剛才那通電話。

香子猶豫一下，把錄音帶稍微倒帶後，鼓起勇氣按了播放鍵。

完全沒有聲音。

等了一會兒，香子伸手準備按停止鍵。果然沒有錄到剛才那通電話。

就在這時——

「俊介。」突然響起一個聲音。是女人的聲音。香子的手指放在停止鍵上動彈不得。

「俊介……來看我……俊介……你來看我……俊介……」

香子全身起了雞皮疙瘩，不顧一切地按下停止鍵。錄音帶的聲音停下，她覺得自己的心跳聲響徹整個房間。

——這個聲音……

這時，她聽到門打開的聲音，隨著腳步聲，接著是高見的聲音。

「久等了，我馬上幫妳叫車。」

他走到香子身旁，把她前一刻碰觸的電話拿過去，在準備打電話之前看著她問：「妳怎麼了？」

「啊？」

「妳的氣色看起來很差。」

「喔……」香子摸摸臉頰，「可能有點累了。」

「今天辛苦妳了。」

高見溫柔地說完，按了電話號碼。

香子看著計程車車窗外的霓虹燈，內心很不舒服。剛才聽到的錄音帶聲音一直在腦海中盤旋。

那應該是答錄機的留言，所以沒有高見說話的聲音。

——那個聲音聽起來太悲傷了。

俊介……來看我……

香子之前曾經聽過這個聲音。

那是第一次和高見吃完飯準備回家時，汽車電話突然響起。香子接起電話，就聽到了那個聲音。

那一次是啜泣聲……

第九章　以眨眼乾杯

1

星期一白天，芝田和直井再度來到班比公關公司。不知道這是第幾次搭這部電梯，已經熟門熟路了。

一走進辦公室，他們沒有向任何人說明來意，就直接沿著通道往裡面走。丸本正在看著資料，發現他們兩個人站在辦公桌前，緩緩抬起頭，然後瞪大眼睛。

「嚇我一跳，有什麼事嗎？」

「不，只是有幾個問題想要請教一下。」芝田說。

丸本一臉為難，再度低頭看著手上的資料。

「我正在忙。」

「不會耽誤你太多時間，十分鐘就好。」

丸本不耐煩地皺起眉頭說：「那就十分鐘。」說完，他站起來。

走進會客室，丸本看了一眼手錶。他似乎在確認時間，芝田也就不說廢話，直接進入正題。

「首先想請教一下，繪里去世那天晚上的事。你說和她約好在皇后飯店見面。」

「我說過。」丸本泰然自若地點頭。

「你們約好幾點見面？」

「並沒有決定明確的時間。那天的工作結束，大家離開休息室差不多九點左右，所以我說差不多這個時間會去找她。」

芝田發現他回答得很謹慎。

「你到飯店的時候是幾點？」

「呃，」丸本摸著額頭，「九點半……差不多是那個時候。」

「你九點半之前在哪裡？」

根據芝田等人的推理，他應該躲在二〇四號房。

「等一下。」

丸本拿出記事本，在翻開時瞥了一眼手錶。他似乎打算十分鐘一到就馬上逃走。

「我八點離開這裡，在銀座逛了逛，然後就去飯店。」

「所以你在銀座逛了很久。」

直井語帶諷刺地說。丸本沒有回答，露出了討人厭的笑容，似乎在說，這是他的自由。

「可以再請教一個問題嗎？」芝田問。

「可以啊。」丸本又看一眼手錶。

「雖然這個問題有點失禮，但還是想請教一下。有沒有什麼可以證明你和牧村繪里曾經交往？」

「真的是……」丸本靠在沙發上，重重地嘆了一口氣說：「很失禮的問題。」

芝田靜靜地注視著丸本的表情。他相信繪里不可能當這種男人的情婦。

「很遺憾，什麼都沒有。」

丸本用油腔滑調的口吻回答，一臉遺憾的樣子讓人看了很生氣。

「你再仔細想一想。」直井說：「要證明男女之間沒有關係可能很難，但照理說，要證明有關係卻很簡單。」

直井的話中充滿諷刺，但丸本皮笑肉不笑地搖頭。

「那是一般情況，我和繪里一直都很小心謹慎。」

「但是——」

「啊喲。」丸本起身，「不好意思，十分鐘到了。雖然我很想再多陪你們一下，但實在太忙了。兩位刑警先生，你們可以慢慢坐。」

芝田很想掐住丸本的細脖子。

走出會客室，他們穿越辦公室，走向出口。辦公室的電話仍然響個不停，還有人同時拿著兩支話筒。

「啊，又要請假嗎？喂，小田，這樣很傷腦筋啊。」

芝田聽到小田的名字，停下腳步。正在講電話的是一名男性員工。

「既然妳發燒了，那也沒辦法……嗯，但是……其他女生……付錢……這……」

香子似乎自顧自說個不停，那名男性員工只好閉嘴。過了一會兒，他終於開口。「好吧，但是下不為例……好好，妳不用再說了。」

那名員工掛上電話後，對身旁的女同事說：「小田香子要請假，她說她發高燒，三十九度。」

——感冒了嗎？

芝田想像著香子躺在床上的樣子，和直井一起走出班比公關。

2

香子穿著牛仔褲、Polo衫，又在外面多穿一件夾克。最近都穿迷你裙，很久沒有穿這身衣服了。她把頭髮在腦後綁成辮子，戴上平光眼鏡，站在鏡子前，發現自己好像變了一個人。

——差不多該出門了。

香子看看手錶後，走向玄關。她選了一雙好走的鞋子，因為不知道今天會去哪裡。

今天晚上八點，高見要和別人見面。香子昨天晚上一直在思考這件事。到底該不理會這件事，還是要找芝田商量？但是，她覺得和芝田商量簡直像傻瓜。因為他什麼都不說，自己卻提供消息給他，未免太不公平了。更何況芝田一定會把高見當成壞人。

於是，她想到自己去跟蹤高見。然後視跟蹤的結果，再決定要怎麼做。

「好，那就出發上陣。」

香子激勵自己後，用力打開門。

「咦？」

「啊喲。」

沒想到芝田竟然站在門口，他目瞪口呆地問：「妳……是誰？」他似乎並沒有發現香子變裝。

「香子不在。」

香子說完，打算關門，但被芝田抓住。

「原來是妳，我聽聲音就知道了。」

既然被發現，那就沒辦法。香子鬆開手，請他進房。

「你為什麼這麼早就回家了？」

「我不是回家，而是來探病。」

芝田舉起右手，他的手上拿著水果籃。

「探病……探誰的病？」

「妳啊，」他說：「妳不是在發高燒嗎？不用躺在床上休息嗎？」

「發燒？誰發燒啊。」香子回答之後，才想到自己打電話到班比公關的事。「你該不會……剛才去我們公司了？」

「沒錯，我聽到妳打去的電話……」芝田在說話時，表情漸漸放鬆。「裝病嗎？」

「這和你沒有關係，把水果帶回去吧，榨汁一定很好喝。」

香子在說話時，推著芝田的胸口，他把水果籃放在腳下，反過來推著她問：「等一下，妳打算去哪裡？」

香子瞪大眼睛，搖頭說：「我沒有要去哪裡。」

「不，妳準備出門，而且妳這身打扮是怎麼回事？簡直太土了。」

「不好意思啊，但不用你管，我不是說了，和你沒有關係嗎？」

「既然和我沒有關係，那說來聽聽也無妨啊，既然妳不敢說，就代表有關係，不是嗎？」

芝田雙手扠腰低頭看著她。香子低頭看著手錶。如果不趕快出門，就無法在高見離開公司時跟蹤他了。

「我要去跟蹤高見先生。」

香子終於實話實說。

「跟蹤他？為什麼？」

芝田驚訝地問。他的反應很正常，當香子向他說明情況時，他臉色大變。

「是嗎？看來事情不單純。」他咬著嘴唇，似乎在思考，中途抬起頭問：「為什麼要瞞我？」

「因為，」香子不甘示弱地咬著嘴唇說：「你還不是什麼都不說。」

芝田不發一語，注視著香子的眼睛，香子沒有移開視線。

「好吧，」他說：「那我們趕快走，不是快來不及了嗎？」

「啊？」

「我們一起跟蹤。」

香子和芝田坐在高見不動產總公司大樓對面的咖啡店監視，芝田又續了一杯可可，香子吃了兩塊蛋糕。

在等待期間，芝田把隱藏在〈Paperback Writer〉錄音帶中的秘密告訴香子。香子覺得簡直就像推理小說，不禁頻頻說著「好厲害」。

「目前已經非常接近真相了，問題就在於高見家的秘密，很可能和高見禮子有關。」

芝田喝完水之後，找來服務生，要求他加水。

「這件事可能和案情沒有關係……」

香子說了這句開場白後，提了那通可怕電話的事。她聽了芝田的話後，覺得那通電話很可能就是高見禮子打的。

「如果高見禮子是這樣的狀態，的確不能出來見人。而且她很可能是在高見雄太郎死後才變成這樣，因此，她的狀態應該不是能夠成為勒索材料的高見家大秘密。」

芝田在驚訝之餘這麼說道，香子覺得有道理。

高見俊介在七點半離開公司，香子和芝田也一起離開咖啡店。

高見沿著外堀大道走向新橋的方向。香子和芝田跟在後方，和他保持二十公尺的距離。兩人都沒有說話。高見走得很快，只要稍微分心就可能跟丟。

高見走過山手線的鐵軌橋下，進了馬路對面的那家飯店。他們立刻追上去。走進大廳時，高見正在櫃檯詢問，然後轉頭瞥了一眼，但並沒有察覺到香子。即使變裝的手法再拙劣，也總比沒有變裝好。

看到高見離開櫃檯走去搭電梯後，芝田立刻飛奔到櫃檯前，似乎在問櫃檯人員，剛才的客人要去哪個房間。櫃檯人員一臉訝異，芝田不耐煩地拿出什麼東西。八成是證件。櫃檯人員立刻變色大變。

「三〇一〇號房，我們快走。」

芝田拉著香子的手走向電梯，他在電梯內問香子：「妳猜他們用什麼名字預約房間？」香子搖頭。

「是西原健三。」他說。

「怎麼可能？」

「臨時想要用假名字時，人往往會使用自己很熟悉的名字。」

電梯來到三樓。他們快步來到走廊上，瞥見有扇房門啪答一聲關上。過去一看，果然是三〇一〇號房。芝田點點頭後，再度回到電梯前。

「我要拜託妳一件事，」他說：「妳打電話去新宿分局找直井先生，請他來這裡。如果他問原因，妳可以把妳知道的情況都告訴他。」

「瞭解。」

香子很有精神地回答後，走進電梯。

大約三十分鐘後，高見從三〇一〇號房出來。當他看到站在門外的芝田和直井時，一時似乎無法理解眼前的狀況。他開著門，茫然地站在那裡。香子躲在暗處看著這一幕。

「你們……每天都在跟蹤我嗎？」高見問。

「沒有，」芝田回答，「這是上天的安排。」

「想請你詳細說明，你們在這裡討論什麼？」

直井探頭向房間內張望時說，不一會兒，一個像影子般的黑色身影緩緩從高見身後出現了。

「你們可不要裝糊塗，說什麼在討論工作的事。」直井露齒一笑說：「你說對不對，佐竹先生？」

3

坐在桌前的松谷正在抖腳，鞋子發出答答答的聲音。他雙肘放在桌上，在臉前交握著雙手。這是他在偵查進展不順利時的習慣動作，其他刑警隨著他鞋子發出的聲音，表情越來越憂鬱。

目前幾乎已經掌握真相，只要能夠找出佐證的證據就解決了。

只不過現在完全沒有任何證據。無論推理再怎麼合理，光靠推理無法破案。

而且，兇手有不在場證明。芝田他們在調查之後，發現他在犯案時間，的確和客人一起在酒吧內。

繪里遭到殺害的經過幾乎都已經獲得證實。詢問銀座皇后飯店之後，那天晚上，二〇四號房內的確少了一瓶啤酒。在和班比公關內負責管理公關的米澤聯絡後，他證實那天晚上江崎洋子最後離開二〇四號房，請她代為鎖門。

芝田喝著即溶咖啡，看著之前記錄的犯案經過和時間。他總覺得有哪裡不對勁。

- 繪里、小田香子一起離開二〇三號房（八點三十分）。
- 丸本來到皇后飯店，在江崎洋子的協助下進入二〇四號房。
- 繪里去櫃檯借鑰匙進入二〇三號房（九點二十分左右），等待東。

「我有個疑問。」

芝田開口說道，原本在他旁邊寫報告的直井突然慌亂起來。他似乎在打瞌睡。

「嗯，什麼疑問？」

直井看向松谷的方向後，才看著芝田的紀錄問：「這有什麼問題嗎？」

「繪里在八點三十分到九點二十分為止，到底在做什麼？照理說，她可以更早就去房間。」

「有道理……」

「還有另一件事。牧村繪里去向櫃檯借鑰匙時，說自己是班比公關的牧村，但仔細一想，就覺得很奇怪。因為她打算殺人，如果順利殺人，在那個房間發現屍體，一定會懷疑到她頭上，她會這麼說嗎？」

直井臉色大變，默默起身，跑去松谷那裡。松谷也一臉驚訝，對芝田叫道：

「接著說。」

「也就是說，」芝田舔舔嘴唇，「會不會去借鑰匙的人並不是牧村繪里？」

「江崎洋子？」

松谷立刻察覺到他想要表達的意思。芝田點點頭。

「我認為牧村繪里那時可能已經死了。」

「但櫃檯人員不會發現嗎？」直井問。

「可能不會發現。」松谷回答，「他們不可能記得公關的長相，而且公關的體型都差不多，洋子應該穿了繪里的上衣，她自稱是牧村，別人也會這麼以為。」

「如果是江崎洋子去借鑰匙，犯案時間可能更早。這麼一來，就可以製造九點之後的不在場證明。」

「原來如此。」

松谷用放在桌上的右手食指敲著桌子。坂口和其他人都紛紛靠過來，簡直就像是被松谷的敲桌子聲音吸引過來。松谷繼續說道：「有意思，但有一個問題。果真如此的話，就代表牧村繪里沒用鑰匙就進了房間。」

「對，問題就在這裡，有什麼方法可以不向櫃檯借鑰匙就進房間嗎？」

「問飯店一下。」

芝田在松谷的命令下，立刻問了銀座皇后飯店，但結果和他們想的一樣，根本沒有這種方法。雖然飯店有通用鑰匙，但不可能交給客人。

「果然不行嗎？」松谷皺起眉頭，摸著一頭向後梳的頭髮。

「但我認為繪里的確沒有用鑰匙就進了房間。」

芝田並沒有放棄。

「但是，做不到的事就是做不到。」直井說：「那個飯店的門都是自動門鎖，沒辦法在離開房間時故意不鎖門。」

——自動門鎖？

芝田恍然大悟。

「不，也許正因為是自動門鎖，所以才有辦法做到。」

松谷瞪大眼睛問：「什麼意思？」

「離開房間時，只要讓鎖頭部分縮回去加以固定，就可以輕鬆自如地開門和關門。牧村繪里在門鎖上動了手腳後，和小田香子一起離開。」

「那小田香子也是共犯嗎？」坂口大聲問道。

「不，不是這樣，牧村繪里趁她不備時做了這些事。我猜想最後鎖門的應該是牧村繪里。」

「你認為是怎麼固定鎖頭的部分？」松谷問。

「八成是用了膠帶。結果那些膠帶被丸本他們用在密室詭計上。」

之後，芝田聯絡到香子。香子說，最後的確是繪里鎖的門，而且香子在離開之前上了廁所，繪里應該利用這個機會用膠帶固定住鎖頭的部分。

「太好了，這麼一來，凶手的不在場證明就不再完美了。雖然現在知道了，但還是沒有證據，要怎麼逼他招供？」

松谷巡視室內，好像在徵求所有人的意見。

「能不能用伊瀨自白的內容呢？」另一名刑警說：「把自白拿給江崎洋子看，讓她產生危機感，認為事情遲早會敗露。洋子並沒有實際參與殺人，她應該知道自首對她有利，所以會和盤托出吧。」

「逼問洋子當然沒問題，但光靠那份自白還不夠有力。再說，只看自白，還是無法瞭解東到底是誰。」

「如果找到人像畫就好了。」直井嘆著氣說。

「沒錯。」松谷深表同意。

那幅人像畫到底去了哪裡？芝田思考這個問題。

——既然伊瀨用這麼巧妙的方法留下自白，還希望他留下人像畫，是不是太一廂情願了？

芝田想起留在錄音帶上的自白。伊瀨之所以用別出心裁的方式留下自白，或許是不希望被歹徒發現。

——所以……

人像畫會不會也用相同的方法藏起來？避免歹徒發現後銷毀？

「我知道了！」

芝田大叫一聲，身旁的直井跳了起來。

4

『華屋』的展覽室內盛況空前。今天是敗家子健三企劃的『世界新寶石展』的最後一天。

香子走進展覽室，健三發現她，立刻邊整理頭髮邊走向她。他今天仍是一身白色西裝，土得讓人無話可說。

「太感動了，妳竟然主動約我。今天不用工作嗎？」

健三大聲說道，完全不顧周圍的客人都轉頭看著他。這個人的神經實在太大條了。

「嗯，今天不用工作。應該說，今天開始不用工作。」

「今天開始？」

「不，沒事。我可以看一下珠寶嗎？」

香子說道，健三厚臉皮地摟住她的腰。

「請便，可以盡情地看，這裡有全世界的寶石，充滿未知的可能。以後還可以看到以前從來沒人看過的巨大寶石。」他說話像演說一樣。

「但這不是贗品嗎？」香子問。

「才不是贗品，」他不悅地說：「天然的寶石太粗糙了，所以我們製作出更出色的寶石，不久之後，大家都會對天然寶石不屑一顧。」

他繞到其中一個展示櫃後方，拿出一枚亞歷山大石的戒指。大顆的亞歷山大石周圍鑲著鑽石。

「妳看看這個，是不是很美？並不是只有有錢人才能夠擁有這麼美的東西，所有的女人都可以平等享受這種美。」

有兩個男人走到香子身旁。健三一時沒有察覺他們是誰，但隨即想起來，一臉驚訝。

「兩位刑警先生……為什麼會來這裡？」

那兩個人就是芝田和直井。芝田伸出手，接過健三手上的亞歷山大石戒指說：「真的很美，不像是人類製造出來的。」

健三沒有說話，他似乎在思考兩名刑警出現在這裡的意義。

芝田把戒指還給他，然後對他說：「江崎洋子全招了。」

健三的臉色越來越凝重，香子從來沒有見過他這種表情。

「——這是怎麼回事？」

香子從來沒有聽過他這麼陰沉的聲音。

「請你跟我們去分局一趟，就會向你說明所有的情況。」

兩名刑警和健三互瞪著。『華屋』的老主顧正在周圍看著展示櫃，尋找有沒有值得一買的珠寶，應該完全無法想像他們的談話內容。

「我不可能沒有搞清楚狀況，就隨便跟你們走。」

健三終於開口。

芝田垂下眼睛，然後緩緩地說：

「我們找到你們想從由加利家裡找出來的東西，東先生，就是關於這件事。」

健三沒有說話。他是個聰明人，一定在冷靜思考。沒錯，健三並不是阿斗，而是聰明絕頂的人。

芝田把手上的紙袋放在展示櫃上。

「你想要極力消除和伊瀨耕一，以及丸本之間的關係，老實說，我們差一點投降。雖然從各種狀況判斷，你就是東先生，卻苦於無法證明。但是，你犯了一個致命的錯誤，那就是讓伊瀨耕一畫下你的人像畫，不過，我們費了很大的勁才找到那幅畫。」

香子發現健三的指尖在微微顫抖。

「那幅畫藏在意想不到的地方。」

芝田把紙袋裡的東西拿出來。那是伊瀨耕一自殺時，放在畫架上的那幅風景畫。健三低下頭，用沒有感情的雙眼看著那幅畫。

「我們用X光檢查了這幅畫，發現這幅畫下面有一幅人像畫，而且旁邊還寫了『東』這個字，那幅人像畫上，畫的就是你的臉。」

「我們給江崎洋子看了這幅畫和伊瀨留下的自白。」直井乘勝追擊地說：「她立刻就放棄了。她並沒有直接殺人，所以最容易搞定。」

「……這樣啊。」

「相信你得知她吐實，就已經猜到，我們已經瞭解你如何偽造不在場證明，你已經無路可逃了。」

芝田把畫放回紙袋後說。健三揉揉臉，雙手放在展示櫃上，注視著那些人工寶石璀璨的光芒。

5

兩天後的早晨——

芝田和香子在東京車站的月台上，但他們今天來這裡，只是為別人送行。現在這個時間，新幹線的月台上擠滿準備前往名古屋和大阪的上班族，他們一起坐在商務車廂停靠位置附近的椅子上。

「是九點那一班嗎？我們好像來得太早了。」

芝田看著沿著階梯上來的人們，又看看手錶說。

「我早就說了啊，但你一直催我，說什麼萬一遲到就慘了。」

「萬一遲到真的很慘啊，早到總比晚到好。」

芝田說完，打開那袋在車站商店買的爆米花。

「你的過度操心，害我頭髮也沒弄好。」香子用手掌整理著髮型，「算了，這不重要，你剛才還沒說完，繼續繼續。」

「剛才說到哪裡？」

「搜查總部的那些大叔推理出繪里反過來被灌毒的經過。」

「哪是大叔啊。」芝田生氣地抓了一把爆米花丟進嘴裡說：「那時候我們還以為那個東先生是佐竹。」

「後來我立了功。」

香子得意地說，芝田咬著嘴裡的爆米花，看著她一本正經的臉。

「立功嗎……算了。總之多虧妳，我們闖入高見俊介和佐竹部長的密談，分別盤問他們，結果發現很有趣的事。」

「你不要故弄玄虛，這很惹人討厭喔。」

「別這麼說嘛，對於偵探而言，這可是最得意的時刻呢——其實，佐竹在調查健三的過去。」

「調查他的過去？為什麼？」

「這件事，要從健三被逐出家門開始說起。」

「請說，反正我們還有大把時間。」

香子伸手拿了芝田的爆米花放進嘴裡，調皮地笑了。

「雖然我沒想到要在這種地方向別人報告，不過沒關係。妳可能知道，健三在五年前因為行為放蕩，激怒了正夫董事長，被逐出家門。沒想到兩年前，正夫董事長又重新接納了他。妳知道是為什麼嗎？」

香子搖搖頭。

「因為正夫董事長聽說健三在大阪開了一家首飾店。健三的店主要販售一些看起來並不會有廉價感的贗品，經營得很不錯。這種時候，做父母的就會認為浪子回頭金不換，既然兒子想要振作，就重新接納。」

「即使是有錢人，父母終究是父母。」

香子想起在鄉下的父母。雖然她沒有告訴任何人，其實她並不是東京人。

「但是，有一個人對這樣的發展很不滿，那就是原本代替健三負責管理珠寶店的佐竹部長。」

「我知道了，佐竹一定對健三能夠順利開店心存懷疑。」

「沒錯。」芝田拍著大腿，「即使健三本身有一些存款，他的資金也還不足開店。而且佐竹才不相信健三會腳踏實地工作存錢，於是他就徹底調查健三開店的資金來源。」

「原來是這樣，這和高見先生有什麼關係？」

「佐竹委託徵信社調查，得知一個有趣的情報——徵信社發現還有其他人在調查健三的過去。確認之後，發現就是高見俊介。」

「高見先生也在調查他？」

香子瞪大原本就很大的眼睛。

「沒錯，佐竹很想瞭解高見的目的，於是決定靜觀其變。不久之後，發現高見不動產主動接近『華屋』，他猜想其中一定有什麼蹊蹺。」

「佐竹後來怎麼做？」香子探出身體。

芝田搖頭，很乾脆地回答：「什麼也沒做，仍然靜觀其變。那個姓佐竹的男人很沉得住氣。」

「他看起來就很有心機。」

香子想起佐竹像影子般陰森的表情。

「然後事態就陷入膠著。既不瞭解健三的過去，高見也沒有採取任何行動。就在這時，發生繪里的案子。只不過當時佐竹做夢也沒有想到，健三會和這件事有關，直到刑警上門——也就是我去找他時，他才感到有問題。我問他為什麼起用班比公關，他聽了之後，開始猜想健三也許和這起事件有關。因為當初不是別人，正是健三強勢命令，要在感恩派對上起用班比公關。」

「啊？不是佐竹推薦的嗎？」

「是健三吩咐佐竹，佐竹向下屬下達指示，但是佐竹隱瞞這件事，他故意說是自己推薦班比公關，然後靜觀事態的變化。因為對他來說，破不破案不重要，他更希望能夠抓住健三的把柄。」

「他真的很有心機，簡直和德川家康一樣。」

香子把整袋爆米花都拿走，換芝田伸手拿爆米花。

「不久之後，由加利也遇害，這次又和班比公關有關，佐竹憑直覺認為健三應該和這些事有某種關係，只不過他沒有任何消息來源，於是想到要和高見俊介交易。」

「於是就在那天打電給給高見先生。」

就是香子做翡冷翠豬肉的那一天。不過豬肉做得有點太鹹了。

「佐竹想要知道，高見為什麼要調查健三的過去，以及是否瞭解這次事件的情況，還威脅說，如果高見不同意交易，就要把他正在調查健三的事告訴健三。」

「所以高見先生就只好答應了。」

「沒錯，但也因此解決了整起事件。聽了佐竹的話之後，我們確信那個姓東的人就是健三，他擁有大筆資金的時間點也一致，但問題在於該如何證明，因此找到那張人像畫就變得十分重要。錄音帶和人像畫──可以說，這次的事件是靠伊瀨耕一偵破的。」

顯示發車時間的時刻表上，終於出現了九點發車的那班新幹線的相關資訊，但離發車還有很久。

「我有個問題。」香子舉手問，「健三他們怎麼會知道有那盒錄音帶？」

「因為由加利告訴了江崎洋子。」

「由加利？為什麼？」香子拉著芝田的袖子問。

「由加利為了調查繪里死亡的真相，想要拉攏江崎洋子。丸本說繪里是他的情婦，所以她猜想洋子應該痛恨丸本，沒想到洋子根本是同夥。洋子假裝協助她，實際上卻監視她的行動。當由加利發現錄音帶的玄機後，立刻聯絡洋子，但並沒有說清楚錄音帶的細節，只說發現了像是伊瀨自白的東西。」

由加利也打算把這件事告訴香子，但那天香子剛好不在家。

「結果，由加利就被殺了。」

「沒錯。那天，江崎洋子在三點左右去她家，這是她們前一天約好的，所以由加利沒有起疑。洋子想要打聽自白的事，但由加利不肯透露。於是，洋子就按照原本的計畫，在紅茶內加了安眠藥，等她睡著後離開。洋子那天要工作，如果遲到會引起懷疑。接著，丸本就去了由加利家裡，他在由加利家中拚命翻找，卻完全沒有找到像是自白的東西。丸本無計可施，於是就和健三討論該怎麼辦。健三也去了由加利家，在他翻箱倒櫃時，由加利醒了。」

「結果就殺了她嗎？」

芝田點頭說：「他殺了人之後，鎖上房間逃走。雖然他說是在衝動之下殺人，但難以讓人信服。」

「我也不相信。」

香子對健三的印象和之前完全不一樣，那個男人不可能因為一時衝動採取任何行動。他之所以接近香子，也一定是想從她那裡打聽消息，而且還特地約她去吃飯，讓別人可以趁機去她家裡。那次果然是江崎洋子去她家翻箱倒櫃。

「我瞭解這起案子是怎麼解決的了，不過我還想知道為什麼會發生。」

「好啊。」

列車駛入了對面的月台，許多乘客在月台上移動。芝田看著那些人潮，繼續說下去。

事情起源於健三被逐出家門。他當時居無定所，在各地流浪。三年多前，開始在名古屋落腳。他有時候會去『華屋』的名古屋分店，有一次遇見了一個意想不到的女人。對方是他在美國時，在毒品派對上遇見的日本留學生。那個女大學生在美國時吸毒成癮，但在『華屋』遇到她時，她已經完全恢復正常，和之前判若兩人。一問之下才知道，她正準備嫁給某個官員的兒子。健三查了她的名字，發現原來她是高見雄太郎的女兒禮子。

健三想到一個主意。他決定以禮子之前在美國的行為勒索高見雄太郎，但是，他不想自己直接去勒索，他打算找人代勞，自己拿一半的錢。最後選中丸本和伊瀨。丸本是在喝醉時被他相中，伊瀨則是在車站前為人畫人像畫時被他相中。他們都有一個共同點，就是想要資金。

首先，由丸本恐嚇高見雄太郎，要求他支付五千萬圓作為封口費，否則就要公開禮子的秘密。高見雄太郎乖乖付錢。可能對高見家來說，這筆錢並不是太大的金額。接著，伊瀨也勒索了五千萬圓。雄太郎再度去交錢，但在交給伊瀨時，他可能覺得這樣下去會沒有止境，於是就說會去報警。伊瀨慌了神，把他勒死了。

伊瀨把錢帶回家，但無法承受內心的恐懼，最後自殺。

健三去他的公寓拿錢時，發現伊瀨死了，於是把錢都拿走。他在伊瀨家找了一下，看看是否有任何會查到他的東西，最後判斷應該沒有。

於是，健三和丸本得到了各自創業的資金。健三很希望從此和丸本斷絕來往，但丸本纏著他不放，希望他扶持班比公關，健三無奈之下只好答應。

牧村繪里進入班比公關時，丸本立刻知道她是伊瀨的女朋友。因為之前曾經聽伊瀨提過她的名字，而且伊瀨隨時把她的照片帶在身上。丸本起初以為繪里要向他報仇，後來發現好像並不是這麼一回事，察覺到她的目的是『華屋』的派對。

果然不出所料，繪里在派對時接近健三，要求他在八點四十五分時去二〇三號房。健三聯絡丸本，讓他和江崎洋子一起待命。

健三走進繪里等待的房間後，看到繪里請他喝啤酒，立刻起疑，趁繪里不備，交換了杯子。他的預感果然沒錯，繪里痛苦不已，很快就斷氣。健三慌忙找丸本他們討論，然後開始製造不在場證明，而且布置密室，偽裝成自殺。

「西原健三真是一個冷酷的男人。」

香子想起健三的一身白西裝，看起來很傻，完全不像是殺人不眨眼的類型。

「回想起來，我們警方也被他裝傻的功夫騙了。伊瀨在自白上提到健三的人像畫時，說他的眼神很銳利，那應該是他真正的樣子，但健三發揮那些演技，並不只是為了這次的事。」

「什麼意思？」

香子微微偏著頭看著芝田問。

「西原健三從小時候就在家裡當小丑。」芝田把爆米花的空紙袋揉成一團後說：「妳應該知道『華屋』的西原正夫董事長有昭一、卓二和健三這三個兒子吧？其中只有一個人能夠成為繼承人，但兩個哥哥向來不把他視為競爭對手。一方面是年紀和他們相差好幾歲，更因為他在讀書方面相形見絀。健三讀的學校比昭一和卓二的母校低了好幾個等級，但健三並不認為自己比兩個哥哥差勁，反而認為自己更適合成為繼承人。只不過他完全沒表現出這種野心，自始至終都在扮演著小丑，他相信一定會有機會，一直忍氣吞聲等待。」

「好陰沉的性格。」

香子皺著眉頭，小聲地說。

「他年輕時放蕩不羈，被逐出家門這件事，也是經過算計。因為他看穿正夫的性格，認為與眾不同比優等生更有魅力。雖然用了那種策略，但他似乎很有自信可以重回正夫身邊。回去之後，他一方面繼續扮演阿斗，不過也在暗中進行扭轉全局的秘密策略。」

「什麼秘密策略？」

「妳不知道嗎？妳不是也有看到嗎？就是那些人工寶石。」

「啊啊……」

紅寶石、藍寶石、亞歷山大石——所有寶石都很美。

「昭一打算用保守的態度做生意，但健三認為這樣無法讓『華屋』繼續壯大，他相信人工寶石才是未來的績優股，於是他就偽裝成只是阿斗的興趣，逐步發展人工寶石，希望等昭一發現時，他已經逆轉形勢。這就是他的遠大計畫。」

「所以在那一天到來之前，都會戴著假面具嗎？」

「沒錯，他就戴著小丑這個最有效的假面具。」

——小丑的假面具嗎？

香子回想起和健三相處的情況。這個充滿野心的三公子，應該從小就本能地知道，這是最有效的手段。

「你還有一件事沒有告訴我，」香子想起重要的事，「高見先生為什麼要調查健三的事？他應該並不知道健三是伊瀨背後的主使啊。」

「喔，這個啊。」

芝田說完轉過頭，舔舔下唇，然後從夾克口袋裡拿出口香糖，問香子要不要。香子默默搖頭，催促他趕快回答。

芝田把口香糖放回口袋。

「高見雄太郎死後，他的獨生女禮子在父親的抽屜裡發現了奇怪的東西。那是寫給雄太郎的信，上面寫著會保守禮子的秘密，但雄太郎必須支付封口費。禮子看了之後深受打擊。這也難怪，之後她就得了嚴重的精神官能症。」

「喔，原來……」

香子想起禮子在電話中的聲音。當時覺得很可怕，現在瞭解情況之後，覺得她很可憐。

「高見俊介也看了那封恐嚇信，他知道伊瀨耕一背後一定有幕後黑手。因為雄太郎付了錢，但在伊瀨的房間內並沒有發現那筆鉅款。因此高見俊介想要報復幕後主使，但是伊瀨耕一自殺了，已經死無對證。於是，高見就去了美國，調查知道禮子曾經吸毒一事的日本人。」

「最後查到了健三嗎？」香子問。

芝田點頭說：「但是，高見無法斷定他就是恐嚇的主謀，於是就決定徹底調查健三的過去。」

「原來是這樣……」

「高見得知繪里的死訊時，因為牧村繪里的名字和伊瀨耕一的女友同名同姓，他就直覺地認為和高見雄太郎命案有關。」

於是，高見就接近香子。因為他不想公開禮子的事，所以不能依靠警方。

「禮子……真的很幸福。」

香子情不自禁這麼說。芝田驚訝地看著她。

「高見先生不顧一切地想要報仇……他應該很愛禮子。」

芝田聽了她的小聲嘀咕，嘆口氣，緩緩搖著頭，然後用雙手的中指按壓眼角。

「剛好相反。」

「啊？」

「剛好相反。」他按著眼角說：「是禮子很愛高見，從很久之前開始。」

「很久之前？」

「真的是很久以前。高見的太太在幾年前去世了，而禮子則是在高見結婚之前，就愛上他了，後來因為他結婚，禮子深受打擊，於是才去美國。禮子當年沉迷毒品，也是想要忘了他。」

「原來是這樣……」

也就是說，禮子是因為愛高見，才會捲入這一連串的悲劇。而高見知道這件事，才想要代替禮子報仇。

香子茫然地看著月台上來往的人潮。即使聽了芝田的說明，仍然覺得好像是另一個世界發生的事。

這時，眼前突然出現一個人影。她抬頭一看，高見俊介帶著溫和的笑容站在她面前。

「妳好。」他說。

香子打量他的周圍。原本以為會有其他人同行，但沒有其他人，他一個人去名古屋。

「你暫時不回東京嗎？」

芝田問，高見輕輕閉上眼睛，點頭說：

「對，我想陪禮子一陣子，她一直把我當哥哥敬愛。」

「是嗎？」

芝田看著香子，示意她說點話，但她想不到該說什麼。

高見搭乘的列車駛入月台，周圍的人都匆忙起身。

「多保重。」

芝田向高見伸出手，高見回握，說：「你也多保重。」然後看著香子，用沉重的語氣說道：「請妳相信我，雖然我不否認想要利用妳，但是……和妳在一起很開心，這是真心話。」

「我也是。」

香子說完，伸出手。高見雙手捧住她的手。他的手掌很溫暖。

「再見了，多保重。」

高見搭上了列車。車門關上，列車緩緩駛離。芝田和香子一直站在月台上，直到列車遠去。

「妳的金龜婿逃走了。」芝田把手放在香子的肩上說。

「對啊。」她聳聳肩說：「這次失敗了。」

「這次？」

這時，芝田口袋裡的呼叫器響了起來。他一臉無奈地關掉。

「又在找我了，警察真辛苦啊。」

「加油嘍。」

「妳接下來要去哪？」

「嗯，」香子把手指放在嘴唇上，向他送了一個秋波。「我要去找工作。」

「是嗎？那我們一起走一段。」

芝田對著香子彎起右手臂，香子笑了笑，挽住他的手臂。

完

春日文庫 100

以眨眼乾杯
ウインクで乾杯

以眨眼乾杯 / 東野圭吾作 ; 王蘊潔譯. -- 初版. -- 臺北
市 : 春天出版國際文化有限公司, 2021.11
面 ; 公分. -- (春日文庫 ; 100)
譯自 : ウインクで乾杯
ISBN 978-957-741-421-2(平裝)

861.57 110013317

ISBN 978-957-741-421-2
Printed in Taiwan

作　　者　東野圭吾
譯　　者　王蘊潔
總 編 輯　莊宜勳
主　　編　鍾靈

出 版 者　春天出版國際文化有限公司
地　　址　台北市大安區忠孝東路四段303號4樓之1
電　　話　02-7733-4070
傳　　眞　02-7733-4069
E－mail　story@bookspring.com.tw
網　　址　http://www.bookspring.com.tw
部 落 格　http://blog.pixnet.net/bookspring
郵政帳號　19705538
戶　　名　春天出版國際文化有限公司
法律顧問　蕭顯忠律師事務所
出版日期　二〇二一年十一月初版

定　　價　350元

總 經 銷　楨德圖書事業有限公司
地　　址　新北市新店區中興路二段196號8樓
電　　話　02-8919-3186
傳　　眞　02-8914-5524
香港總代理　一代匯集
地　　址　九龍旺角塘尾道64號 龍駒企業大廈10 B&D室
電　　話　852-2783-8102
傳　　眞　852-2396-0050